UN PÈRE SUR LE BANC

www.leoscheer.fr

DAMIEN LECAMP

UN PÈRE SUR LE BANC

Éditions Léo Scheer

1

À la gare de Lausanne, la mère arrive seule. Elle doit me « présenter » notre enfant selon notre accord – ses propres conditions, auxquelles je m'adapte : une « garde alternée » artisanale, en attendant l'intervention du juge. C'est elle qui a décidé de quitter le domicile familial et de partir vivre en Suisse, son pays d'origine, et qui a fait de moi un père intermittent. Bien sûr, elle est libre de s'installer là où elle le veut, et je ne priverai pas mon garçon de sa mère. Tant qu'il ne va pas à l'école, j'accepte, bon gré mal gré, ce partage de mauvaise fortune. Ce matin, c'est à mon tour d'avoir mon fils, ou plutôt, c'est son moment avec son papa. Pour le retrouver, je viens de faire quatre heures de train depuis Paris, et nous repartons dans quarante minutes :

— Où est Gabi ?

— En lieu sûr. Suis-moi.

Elle se dirige vers la terrasse du McDonald's en face, où une table poisseuse nous accueille. Puis elle me tend un papier :

— Lis-le et signe, s'il te plaît.

— Sinon ?

— Tu ne le reverras plus.

Une douleur vive remonte de mes lombaires. Il paraît que les émotions se nichent dans le dos. Je déplie le papier, il y est stipulé de nouvelles conditions :

Le 09/07/2017,

Je soussigné, Dorian Herserant, père de Gabriel Herserant, né le 01/01/2015 à Paris, reconnais que le domicile de Gabriel est fixé chez sa mère, madame Constance Felber, en Suisse ; accepte un droit de visite et d'hébergement à raison d'un week-end par mois sur place ; consens à prendre en charge les trajets allers-retours entre Paris et Lausanne et à bénéficier de la moitié des vacances d'été et de Noël, selon le calendrier scolaire du canton de Vaud.

Fait en deux exemplaires à Lausanne.

Signature :

Je m'en sors bien ; elle aurait pu écrire « Parent 2 » au lieu de « père ». Il m'est impossible d'accepter, encore plus sous la menace d'un chantage. Pour gagner du temps, je lui propose de lire à tête reposée et de répondre bientôt ; je veux juste ramener Gabriel à la maison. Elle ne dit plus rien. Mon indignation monte, et les coups d'œil lancés par nos voisins de table laissent peu de place au doute : je passe pour l'oppresseur, le « mâle toxique ». Je finis par céder du terrain. « Très bien, je vais signer. » Il sera aisé de démontrer que ce document n'a rien d'officiel, sans parler de la contrainte. En tout cas, j'essaie de m'en persuader. « Par ici », me dit-elle enfin. Je lui obéis comme un malade au pronostic vital engagé obéit à son médecin – il demeure un espoir si je respecte le protocole. Nous traversons la gare par les souterrains, en sortons par une voie qui mène à une impasse isolée. « Attends là », ordonne-t-elle, avant de faire un signe en direction d'une voiture garée trente mètres plus loin. Son père en sort, ouvre la portière arrière, se penche pour défaire la ceinture, puis attrape mon garçon. Il ne manque que les appels de phares et la mallette que je dépose, à bonne distance, en guise de rançon. Mon petit m'aperçoit enfin, « Papa ! », et court dans mes bras. Le grand-père s'approche, lui ébouriffe les cheveux comme pour lui dire qu'il est un sacré garnement. J'ai toujours peu apprécié que l'on touche mon enfant quand je le porte ; j'y vois une ingérence, une violation de propriété privée.

Le grand-père marmonne quelque chose. Je comprends, il culpabilise et veut s'excuser. Après tout, on s'est toujours bien entendu, lui et moi. Ses premiers mots que je parviens à distinguer ? « Il fait beau aujourd'hui. » Tel le Gillot-Pétré de l'association de malfaiteurs, l'air imperturbable doublé d'un accent Ovomaltine, il me parle de la météo. Avant de déclencher un incident diplomatique, je précise qu'il n'y a pas un seul et unique accent suisse romand ; le vaudois n'est pas le valaisan, le jurassien n'est pas le genevois. Il y a cependant un dénominateur commun : un méchant avec n'importe lequel de ces accents n'a pas l'air d'un vrai méchant. C'est peut-être pour cette raison que la Suisse n'a jamais promu de dictateurs AOP. Elle promeut la neutralité, jusque dans l'expression du regard de mon ex-beau-père.

Restée à l'écart, la mère me surplombe, encore plus que d'habitude, car Lausanne est une ville en pente et je suis en contrebas du trottoir. Cette inclinaison est un piège pour les hommes plus petits que leur compagne. Google Images m'avait prévenu : certes, Jade et Arnaud Lagardère, ou Carla et Nicolas sont mal assortis, mais ces types compensent. Moi, je n'ai même pas le pouvoir financier ou politique. Vue en contre-plongée, mon Heidi éclipse le soleil. L'écran total appliqué sur son nez et ses pommettes dessine une croix blanche, entourée des rougeurs estivales. Son visage esquisse à s'y méprendre le drapeau suisse, un étendard pacifique. Je me raccroche à ce que je peux. Du temps de notre splendeur à deux, elle rougissait aussi, je croyais l'intimider ou lui plaire ; peut-être avait-elle simplement trop chaud. Me vient alors l'envie absurde de l'enlacer, pour tenter de la désamorcer – ou par réflexe hérité des jours heureux. Je lui expose au préalable mon projet d'étreinte et m'attends à obtenir son consentement. Autant arborer une pancarte « *Free hugs* » en plein Verdun... Si le sexe peut résoudre une dispute, la câlinothérapie ne règle pas un conflit parental.

Gabriel et moi ratons notre train ; les trois heures de flottement dans les courants d'air de la gare ont rogné ma part de parentalité déléguée. J'ai l'impression d'être en libération conditionnelle. Enfin, le TGV suivant arrive. Dans le carré famille, Gabi dort sur ma cuisse. Je n'ose pas bouger, par peur de le réveiller ; les fourmis me gagnent, mais je veux sanctuariser la petite mare de bave sur mon jean. Je me sens responsable du *David* de Michel-Ange, que je déplace pour une exposition temporaire dans mon musée personnel.

Nous avons deux jours. Nous irons à la grande galerie de l'Évolution ; il fera un tour de manège, et je lui paierai une gaufre au chocolat. Je lui ai appris le mot *architecture* – « assitetu », prononce-t-il –, alors je lui montrerai les « maisons magiques » du Paris haussmannien.

Le programme est annulé : il est malade. Le rhume éternel des enfants de trois ans et moins a décidé de rogner un peu plus ma part. Sa mère l'a fait exprès, elle l'a fait sortir le soir les cheveux mouillés, j'en suis sûr. Il est son adorable cheval de Troie : derrière ses 39 °C de fièvre se cache la mère qui empiète sur mes terres, comme la mer empiète sur la côte. Dans la pipette, le Doliprane rose ressemble à du *slime* que j'administre à un fantôme, tant Gabriel est pâle. « Un jour, on regardera *Ghostbusters* ensemble », lui dis-je comme une promesse.

Sur les deux jours octroyés, le premier est assombri par la peur du lendemain ; le second, par la peur du jour même. Soigner mon fils atténue un peu l'angoisse. Son sommeil est si serein que sa bouche en abandonne la tétine. Je ne veux pas finir comme cette dernière, sollicitée les trois premières années avant le sevrage imposé ; je veux m'inscrire dans le temps long. En un misérable week-end, je deviens le comptable de nos moments partagés, forcé de rentabiliser mon temps de bras disponible. Mes amis s'improvisent coachs de vie : « Au moins, ces instants rares, tu les gardes en mémoire » ; « Tu n'as pas le loisir de te lasser ». J'échappe de justesse au : « Ce qui ne tue pas rend plus fort ». Leur intention est louable, mais la vérité est qu'en deux pauvres journées, au premier coup de fatigue, je n'ai pas de seconde chance pour me rattraper, la moindre impatience devient la dernière impression que je laisserai dans son esprit.

Devrai-je attendre un mois pour payer mon ardoise ? L'amour parental n'est pas le couple, il n'y a pas à ménager ses apparitions pour « entretenir la flamme », à se « réinventer » pour surprendre l'autre. Débarrassé de la séduction et du désir, l'amour paternel n'a pas de pourquoi. Il se calque sur la nature de l'enfant, grandit mais ne vieillit pas. De fait, il prend de plus en plus de place, et entame la possibilité des amours périphériques. Il est comme le mimosa de mon Sud natal : son parfum donne un sens à l'hiver, mais planté dans un jardin, ses racines s'étendent si loin et si profondément qu'il rend impossible l'épanouissement d'autres fleurs. Ne plantez jamais de mimosa dans votre jardin, sauf si vous êtes un jardinier de l'amour exclusif.

Pendant la sieste de Gabi, je relis le « contrat » que j'ai signé. C'était déjà sur papier que la mère m'avait signifié son départ, après quatre ans de vie commune. Je relis aussi cette lettre, pour tenter de faire le lien :

Clamart, le 08/03/2017

Dorian, je pars. Mes raisons n'ont pas à être discutées. Nous ferons au mieux, dans un souci d'équité, pour que notre enfant voie son papa et sa maman. Je te propose la répartition suivante : 15 jours chez l'un, 15 jours chez l'autre, pour limiter la fatigue des voyages. Je vais pour l'instant m'installer chez mes parents, à Orbe.

Ces mots formaient une nébuleuse d'étoiles mortes. Je ne comprenais pas son plan, mais avais saisi qu'elle ne m'aimait plus. Je redoutais ce moment, pas celui de l'amour disparu – les gens polis disent « qui évolue » – mais celui du départ, en ce qu'il bouleversait la vie de notre enfant. Je m'accommodais de notre froideur respectueuse, me félicitais de notre coexistence pacifique, tant que l'on se retrouvait autour de Gabriel. Je vénérais notre cohabitation raisonnable, à l'image de la Suisse, un pays qu'il est impossible de détester, mais difficile d'aimer passionnément. Pourquoi maintenant, contre toute raison, la mère de mon fils veut-elle la guerre ? Comment est-on passé du post-partum au post-scriptum ? Elle a dû tomber sur cet article expliquant que les femmes étaient les grandes perdantes du couple hétérosexuel. Peut-être m'inflige-t-elle le coût des dommages-intérêts, qu'elle perçoit comme une légitime compensation ?

Pourtant, je crois que nous avons moins subi – elle comme moi – le patriarcat que le « quotidiennarcat » : le pouvoir dur des habitudes molles, la porte des toilettes que l'on ne prend plus la peine de fermer en présence de l'autre.

Je lui sais gré, quand même, de ne pas avoir tiktoké sa peine ou snapchatté sa douleur dans un *twerk* vengeur. Je conteste chaque mot qu'elle écrit, mais salue le panache désuet de la lettre manuscrite. À ses yeux, je vaux quand même mieux qu'un post-it sur le frigo.

Depuis cette lettre, je me suis plié à ses exigences, car j'avais peur de ses réactions et de perdre mon fils pour de bon. Jusqu'à maintenant, elle a refusé mes propositions de médiation, mais si je suis ses directives, peut-être adoucira-t-elle sa position ? Nous pourrions alors trouver un accord, que le juge n'aurait plus qu'à entériner. Je ne veux pas de conflit ; j'accepterais une répartition « un tiers/deux tiers » en sa faveur et garderais de la marge, l'école ne commençant en Suisse qu'à quatre ans révolus.

J'ai simplement saisi le juge, dès le mois de mai, parce que notre enfant n'a pas vocation à vivre dans le TGV Lyria Paris-Lausanne. D'ailleurs, j'ai obtenu une date d'audience, en octobre, au TGI de Nanterre. Le délai est de presque six mois ; c'est raisonnable, paraît-il.

La dernière nuit de notre week-end, la fièvre fait cauchemarder Gabriel. Je le porte dans mon lit pour le rassurer et me réveille, au matin, son tout petit pied nu collé sur mon front – les enfants achèvent souvent leur sommeil dans des positions impossibles. Dans le train du retour, je ramène mon *David* – enfin mon *Manneken-Pis* – que je tiens fermement sous les aisselles, en lévitation, pour éviter de l'asseoir sur les toilettes souillées et trop larges du TGV.

À Lausanne, au bout du quai, une ado ou peut-être une trentenaire – je fais de moins en moins la différence – se précipite dans les bras d'une copine. Elles tournoient en sautillant, leurs cris suraigus rappellent la Beatlemania, sans les Beatles. Au moment de retrouver leurs petits-enfants, les grands-parents sont plus sobres, croulant sous le poids de l'expérience et du mal de dos. Soudain, des nuages sombres recouvrent la forêt des voyageurs. La haute crinière ténébreuse fond vers moi, ses cheveux rebiquent comme des dards de scorpion. « Maman ! », crie Gabriel. Elle l'embrasse comme s'il revenait des Enfers. « Ses chaussettes antidérapantes, elles sont où ? », me demande-t-elle. Je fais semblant de chercher dans le sac, mais les visualise, instantanément, au pied du lit à barreaux. Demander où sont ses chaussettes antidérapantes revient à affirmer : « Tu les as oubliées. » Les mères ont l'art des questions rhétoriques et visent juste à chaque fois, car les mères n'oublient jamais les chaussettes antidérapantes. Pour ma défense, je n'ai eu qu'un week-end, alors je me suis détaché, je l'avoue, des considérations textiles. J'ai besoin d'entraînement – la Rome de la charge mentale ne s'est pas faite en deux jours. J'embrasse Gabriel, il me manque déjà. Je n'ose rien dire à la mère au sujet de notre « accord ». Ce n'est pas grave, je lui écrirai sur WhatsApp ; je parie qu'elle sera encline à lâcher du lest après deux semaines.

Le surlendemain, je me risque à un appel vidéo. Elle décroche, sans un mot, et filme le sol :

— Euh… Allô ? Je ne vois pas Gabriel, je vois du carrelage, là. Allô ?

— Oui ?

— Gabi est là ? Tu me le passes ?

Elle filme maintenant la fenêtre.

— Euh, non, toujours pas.

— Papa ?

— Oui, mon Gabi ! Comment tu vas, mon amour ? Je ne sais pas si tu me vois, moi je ne te vois pas. Alors, t'as fait quoi de beau aujourd'hui ? T'as fait du vélo ?

— Aujourd'hui, on est allé chez son cousin, répond la mère.

— D'accord. Et c'était bien, vous avez joué à cache-cache ?

— Oui, ils se sont amusés. Écoute, là, ce n'est pas la bonne heure, je vais préparer à souper.

— OK… Tu me montres ton joli sourire, Gabi ?

La mère oriente la caméra sur le plafond de la cuisine, puis sur le réfrigérateur. Le plan-séquence sur la cafetière n'est pas dénué d'intérêt cinématographique, mais je veux voir la star du film :

— Tu te souviens, Gabi, on avait mangé du houmous dans cette cuisine.

— Papa, aujourd'hui j'ai fait du vélo.

— Oh, génial ! Tu te débrouilles bien, bientôt on enlèvera les petites roues, tu sais.

Je maintiens le cap de mon enthousiasme : je veux épargner une scène à Gabriel, tandis que sa voix dérive au large. Je crois l'entendre imiter le « vroum vroum » d'une voiture. Il doit jouer sur le canapé ; à cet âge, les enfants se désintéressent vite d'une conversation téléphonique.

— Au fait, on va bientôt déménager, me dit la mère.

— Ah bon ? Vous allez où ?

— Tu le sauras vite. Allez, Gabriel, viens dire au revoir à papa.

— Au revoir, papa, me dit-il au loin.

— Au rev…

Elle me raccroche au nez. Les jours suivants, j'envoie des messages désespérés, tantôt colériques, tantôt mielleux. Je tente différentes stratégies d'approche, qui toutes font chou blanc. Je suis comme la voix de la France dans la polyphonie diplomatique : je parle fort, auréolé d'une gloire passée, mais j'obéis, *in fine*, à la puissance dominante.

La mère finit par bloquer mon numéro, non sans m'avoir gratifié d'une dernière amabilité : « Lâche-moi la grappe. » J'appelle le grand-père à la rescousse. Au bout du fil, il me demande s'il fait beau à Paris.

2

Pour pallier l'absence de Gabriel, je pourrais me lancer à corps perdu dans la recherche de chaleur humaine, d'interactions sociales ou même d'un psy. Je n'en ai aucune envie. Il me reste le wifi et Netflix, c'est déjà ça, et dans le confort matériel, tout est fait pour que l'on baisse les armes. Je me dissous lentement dans le moelleux de mon canapé et, dans un ultime effort, m'agrippe à la suédine, tout en picorant les chips de la veille coincées dans les plis. Je traîne sur les réseaux et publie un extrait de ma série coup de cœur, pour récolter 6 *likes* et 2 commentaires, avant de cliquer sur une vidéo suggérée et de pleurer devant un GI de retour de mission, qui surprend sa fiancée. Je suis une femme enceinte au ventre vide. Diabétiques, écartez-vous, une boule de guimauve dévale la piste. Parfois, je remonte la pente, passant de la désolation à la mélancolie. Pour m'accompagner, je n'écoute que des musiques tristes. Mon chagrin serait entre de bonnes mains, confié au rythme funk ou aux chansons paillardes ; je préfère l'abandonner au deuxième mouvement du *Concerto pour piano* de Grieg.

Pour égayer le quotidien, je scanne les produits au supermarché via une appli qui leur attribue des notes ; tous les cancres finissent dans mon caddie. Un jour, arrivé à la caisse, j'ai manqué d'assommer un couple avec mon pain de mie – un Nutri-score D bien massif –, lequel couple disait se réjouir de laisser les « monstres » aux grands-parents pour le week-end. À Clamart, je suis cerné : le quartier de la gare est un nid à poussettes, un monde hostile pour les exclus de la vie de famille. J'ai beau faire des détours, je n'échappe pas au square et à son aire de jeux.

J'y vois souvent ce père qui se désintéresse de sa fille, préférant pouponner son téléphone portable. Parfois, la petite tombe et, pour la calmer, il l'installe à une extrémité du tape-cul, se place de l'autre côté et pousse le sol de ses pieds. Quelques granulés de caoutchouc noir s'envolent de la joue de la bambine. « Regarde, papa ! » crie la fillette, mais son père détourne à peine les yeux de l'écran. Personne n'est le parent parfait, mais ne pas mesurer sa chance d'être avec son enfant est un manque de savoir-vivre. En bas de chez moi, je croise aussi cette mère qui est toujours en retard. Un matin, je l'ai vue tirer son gosse par le bras : « Maman a une réunion importante ! » Son gamin était franchement ingrat d'oublier la présentation PowerPoint de sa mère. Celle-ci a eu beau se mordre la lèvre inférieure, à la fois pour montrer les crocs et contenir la violence verbale prête à déferler – le « T'es bien comme ton père » était imminent –, les 20 kg de Chocapic et de gâteau Savane ont refusé d'obtempérer. Surmontant avec peine l'obstacle du trottoir, comme lorsqu'on manœuvre une valise trop lourde, elle a alors pris la bête par les sentiments : « Tu sais que Tata t'a préparé une bonne tarte, elle t'attend pour la manger. » L'argument a fait mouche. Je me demande quel bénéfice il y a à remplacer la servitude supposée du foyer par celle, bien réelle, du salariat. En quoi serait-ce une émancipation de troquer son alcôve contre des bureaux impersonnels, de substituer à la chair de sa chair des collègues insignifiants, de remplacer son sacerdoce par un *job*, sa mission par un *process*, de déléguer l'éducation de ses enfants à une tierce personne, tata ou nounou, pour se voir attribuer des tâches que l'on ne ferait jamais sans la nécessité de gagner de l'argent ?

Corrélé au *taf*, il y a le besoin de reconnaissance sociale, certes, mais s'il y a une place où l'on est indispensable, c'est auprès de son enfant ; s'il y a un objectif prioritaire, c'est son éducation. Il est courant d'entendre celles et ceux qui ont privilégié leur carrière au détriment de leurs enfants nourrir le regret de ne pas les avoir vus grandir, et vouloir à tout prix rattraper le temps perdu.

Chaque parent qui se consacre à ses enfants, homme ou femme – je n'en fais évidemment pas une affaire de genre –, signe un CDI moral. Le banc public partagé avec d'autres parents-collègues vaut bien l'*afterwork* supplément ragots ; le rendez-vous chez le pédiatre, c'est la campagne B2B ; la sculpture en pâte à sel, le suivi de production ; la purée carotte-petits pois, le déjeuner d'affaires, et le rot qui suit, le *feedback* du client satisfait.

Pour ma part, je postule, mais je n'ai plus de perspective d'embauche. Que cette mère pressée pardonne mon intransigeance – peut-être adore-t-elle son job, peut-être est-elle sa propre patronne –, simplement, j'envie sa chance de pouvoir tirer son enfant par le poignet. Celui de Gabriel est si fin que l'on y voit la peau bouger, au gré de son pouls, à portée de main.

Pour apaiser ma frustration, je quitte ma banlieue percluse de landaus et de sièges auto, pour marcher dans Paris, sans point de chute défini. Je me décrasse de l'ankylose domestique et me réjouis de croiser des marginaux, enfin des célibataires, que je traite en frères d'armes. Ce qui pollue ma tête redescend le long de mon corps, lessivé dans le mouvement, pas après pas. Les toxines s'éliminent par la plante des pieds, nous apprend la médecine chinoise. Au fil des kilomètres, mon esprit se régénère et se met à philosopher. Rue Falguière : « Aujourd'hui est le premier jour du reste de ma vie » ; rue du Château : « La souffrance est la sœur jumelle de l'amour » ; et rue d'Alésia : « Le guerrier en moi part en mission », avant sa reddition devant la vitrine de La Grande Récré.

Essayant avec peine de tenir ma tête hors de l'eau, je décide d'accepter mon sort de naufragé. Le courant me porte jusqu'au bistrot de mon quartier, *L'Apparemment*, que tout le monde appelle « Chez Mounir ». Je n'ai jamais eu la culture des bars, grâce ou plutôt à cause de mes parents qui titubent après un baba au rhum. Il y a un début à tout. Mounir, petite quarantaine et barbe bien taillée, tutoie sa clientèle, lui offre des coups et délie les langues les plus farouches. Les clients vont chez lui comme à confesse, et le patron les absout dans l'alcool. À 37 ans, je découvre l'eau chaude dans un débit de boissons fraîches, et ce monde ancien, qui m'était inconnu, devient familier. Je me contente d'un Perrier, mais ne tarde pas à ouvrir les vannes. Je dois parler fort : au vacarme de la machine à glaçons répond le taille-crayon électrique disposé près de la tireuse à bières. Mounir se justifie : « Je prends des notes sur tout le monde, c'est du suivi clientèle. » Les odeurs mélangées des mines HB et des bouteilles JB me rappellent monsieur Musso, mon maître en CM2, après la pause-café. À mon histoire, Mounir compatit peu :

— Profites-en pour rencontrer une meuf, je sais pas moi, barre-toi en Thaïlande. Moi, j'ai fait du *couchsurfing* à Minsk. 2,50 € le demi.

Sur le bar en simili zinc, il propose en libre consultation son essai de développement personnel : *Le Chevalier solitaire*. Une cliente attablée le feuillette, et Mounir me présente le modèle, tel un concessionnaire de véhicules cabossés :

— Maud, c'est ton style ? Divorcée, 43 ans, assistante de direction dans le consulting. Son gamin a été chopé dans les parties communes en train de fumer du shit. En procédure contre le syndic.

Mounir tape le porte-filtre avant de lancer un expresso. Il poursuit son inventaire :

— Le type qui a payé sa bière, là, Armand, il vient d'apprendre, à 62 balais, qu'il a un frère en Espagne. Imagine comme il est dégoûté.

— Je comprends, toute une vie sans le connaître.

— Non, c'est que ça fait un nom en plus pour l'héritage. Tu vois, moi, j'ai deux gamins, je les adore hein, mais sérieux ils me cassent les… Du sucre avec ton café ?

— Non, merci.

— Je les adore, mais ce week-end, je me barre, j'en peux plus.

— Vous allez où ?

— Ah non, tu me tutoies. En Bourgogne.

— Juste ta femme et toi ?

— Euh non, avec des potes, se trahit-il dans un sourire qui en dit long sur la définition qu'il donne au mot « pote ».

— Tu sais, dans la vie, il ne faut pas s'en faire, conclut-il en bâillant.

C'est souvent le genre de phrase qui gagne à être bâillée. Pour l'instant, je goûte peu à la conception de la vie du Chevalier solitaire.

Pourtant, je reviendrai le lendemain – et les soirs d'après. Mounir continue de tailler ses crayons et d'envier ma liberté : « Dis-toi qu'il va bien ton gosse, il est avec sa mère. Tu le reverras un jour. » Rinçant un verre avant de le remplir de bière, il prend le temps de la réflexion, puis me dit : « J'ai parlé de ton histoire à Armand – bon, dans les grandes lignes, hein. Sa cousine est avocate, une tueuse apparemment. » D'une mine aussi bien taillée que sa barbe, il note le numéro de la cousine sur un sous-bock aux couleurs d'une bière qui s'appelle « La Bête ».

Depuis le canapé de mon salon, je contemple le dessous de verre sur ma table basse. Il me donne plus envie de goûter La Bête que d'appeler la tueuse. Je me lance quand même, timoré. « Monsieur, je vais être honnête avec vous », assène l'avocate après avoir écouté mon histoire (une phrase à ranger à côté des « Il faut qu'on parle » et autres « T'as changé depuis quelques jours », un truc qui te flingue alors que la balle n'est même pas encore partie).

— Je ne vais pas prendre pas votre dossier, il est perdu d'avance. On n'enlève pas un enfant en bas âge à sa mère.

— Mais c'est elle qui me l'enlève, qui le prive délibérément de son père.

— Oui, mais vous devez comprendre que la motivation du juge est l'intérêt supérieur de l'enfant. Même si l'enlèvement est constaté, le gamin vit auprès de sa mère, et plus il passera du temps avec elle, moins un juge voudra changer ses habitudes de vie. En plus, il n'est pas en danger, il est en bonne santé et vit dans de bonnes conditions matérielles. Vous savez, je défends un père qui demande la garde de sa fille de huit ans, au motif que la mère se prostitue à domicile : il ne l'a pas obtenue.

— La juge a dû se dire qu'il n'y avait pas de sot métier.

En un coup de fil, mon espoir s'est envolé. Forts de leur expérience, les professionnels semblent prendre un malin plaisir à ramener le profane sur terre. De l'avocat au garagiste, en passant par le médecin spécialiste, tous disent entre les lignes : « Je vais vous expliquer la vie. » Heureusement, Mounir, le Chevalier solitaire, m'a insufflé l'esprit d'initiative. Je commence par utiliser mon wifi à bon escient. Comme beaucoup, au premier grain de beauté suspect, je file sur Doctissimo et repars avec la certitude d'avoir un cancer des cheveux. Rompu à l'exercice, je mets maintenant à sac tous les moteurs de recherche pour poser un diagnostic juridique – ou à peu près : « Père + garde + enfant », « MeToo + papa », « Une avocate qui déchire sa mère »...

Trouver une avocate au mois d'août est difficile, même si le barreau des Hauts-de-Seine déborde d'inscrits. J'ai un critère de recherche non négociable : je veux une femme. Au prétoire, je ne veux pas jouer le match Team Testostérone *vs* Team Œstrogènes. Je redoute le poids de l'idéologie chez les juges. Si je peux éviter de passer pour un masculiniste amateur de barbecues, de grosses cylindrées et de Vin Diesel... Un nom retient mon attention, celui de Me Françoise Le Gall. Un patronyme au beurre salé, c'est potentiellement un atout au tribunal. Il n'y a pas de raison que le lobby breton s'arrête aux capitaines d'industrie ou à l'élevage porcin. Son site Web se veut rassurant : « Trente-cinq ans d'expérience à votre service. » Moi, ça m'inquiète. Comment peut-elle se retrouver, après une si longue carrière, à Meudon-la-Forêt ? Meudon est comme le village d'Astérix coupé en deux par le Grand Fossé, la forêt séparant le centre bourgeois de son quartier pestiféré.

Au téléphone, je dois parler très fort pour que Me Le Gall m'entende. D'emblée, cela me séduit : elle connaît le handicap, mon affaire est faite pour elle. Et puis, je ne fais pas le difficile, mes années Tinder m'ont appris qu'il faut toujours se contenter de celle qui veut bien. Le cabinet se trouve au rez-de-chaussée d'une barre HLM, une espèce de Cité radieuse qui aurait appris la modestie, et n'obligerait pas le badaud à s'extasier devant sa laideur conceptuelle. L'immeuble collectionne les plaques comme un grand malade eczémateux. « Grégory Sadowski – néphrologue », « Émile Fauchier – gastroentérologue » (il doit être bon) ou encore « Nadège Berthaux – fleurs de Bach ». Sur la plaque de Françoise Le Gall est gravé un sobre « Avocate », sans même un « à la cour » supplémentaire (je crois qu'il faut payer à la lettre). Hum, Françoise doit être du genre à facturer les photocopies.

Depuis la salle d'attente – tout Meudon-la-Forêt a l'air d'une salle d'attente avant un déménagement salvateur –, j'entends les cris d'une sérieuse prise de bec. Je deviens fébrile, comme un patient qui entend hurler depuis le cabinet du dentiste. Un client sort, furieux, et l'avocate me fait signe d'entrer. Elle a bien 60 ans. Dans son bureau, le désodorisant a du mal à camoufler l'odeur de tabac froid. Après avoir résumé mon histoire, je demande, hésitant :

— Combien j'ai de chances de gagner ?

— Combien j'ai de chances d'être Miss France ? (J'ai donc si peu de chances, me dis-je très fort en moi-même.) Pourquoi vous ne m'avez pas appelée dès que votre ex est partie ? On aurait saisi le juge en urgence.

— Je croyais qu'elle allait revenir. Pas avec moi, mais au moins en région parisienne, où elle vivait depuis sept ans. Et au tribunal, quand j'ai déposé le dossier de saisine, on m'a assuré que je pouvais me défendre seul, afin d'être bien vu par les juges. Et je ne voulais pas m'embarquer dans des procédures.

— Vous avez perdu un temps précieux. Bon, qu'est-ce que vous lui avez fait à cette... madame Felber pour qu'elle vous en veuille autant ? Vous lui avez tapé dessus ?

— Non.

— Vous l'avez trompée ?

— Pas vraiment.

— Parlez plus fort.

— Pas vraiment ! Il fallait faire deux changements de métro, la flemme.

— Vous vous protégez, au moins ? Des fois qu'il y en ait une qui vous colle une reconnaissance de paternité. Le type avant vous aurait mieux fait d'y penser.

— Vous n'êtes pas tenue au secret ?

— Je suis avocate, pas bonne sœur. Et à un an de la retraite… Bon, votre affaire. Je vous donne la stratégie : ne rien faire.

— Pardon ?

— Il faut subir, en victime, c'est votre seule chance. Votre fils est en Suisse depuis des mois...

— Justement. Plus il va y rester, moins un juge voudra me le rendre.

— Laissez-moi finir. Plus l'éloignement sera long, plus l'enlèvement sera caractérisé. Faites en sorte qu'elle continue à vous raccrocher au nez.

— Je ne vais pas encore attendre des mois. Je ne peux pas aller là-bas, le récupérer ?

— Où vit la mère ?

— Bah... elle a déménagé.

— Admettons que vous trouviez l'adresse. Une fois sur place, vous trouverez surtout porte close, et vous allez vous prendre une volée de témoignages qui diront que vous avez été violent, que vous avez voulu arracher votre garçon des bras de sa môman.

— Putain, mais c'est pas... Pardon.

— Sinon, j'ai fait des recherches depuis notre appel. Vous savez que votre ex a la garde de Gabriel ?

— Quoi ? C'est quoi, cette histoire ?

— Vous n'avez pas reçu le jugement du 13 juillet ? La mère a saisi le juge suisse en urgence – elle n'a pas attendu, elle – qui lui a confié la garde de Gabriel Felber. C'est ce que m'a communiqué son avocat en Suisse, qui a l'air charmant.

— Felber ? Mais c'est le nom de sa mère, ça – il porte mon nom à l'état civil, Herserant.

— En tout cas, le juge l'appelle ainsi. Et vous êtes convoqué à une audience contradictoire au tribunal d'arrondissement d'Yverdon-les-Bains en Suisse, en décembre prochain. Madame a court-circuité vos démarches en France.

— Qu'est-ce que je peux faire ?

— Vous serez obligé d'y aller. Mais comme vous avez saisi le juge français avant qu'elle ne saisisse le juge suisse, et que vous n'avez pas donné votre accord au déplacement de votre fils, vous irez dire au juge d'Yverdon qu'il aille se faire foutre.

— Je le lui dirai en ces termes ?

— Avec un sourire, ça passe bien. Il n'est pas compétent pour statuer. Seul le juge français l'est, en l'espèce. Moi, je vais faire un courrier au ministère de la Justice, place Vendôme, pour que celui-ci prévienne les autorités suisses que votre enfant a été enlevé par sa mère. Convention de La Haye, hein. L'idée est de saisir le tribunal cantonal qui se trouve à Lausanne et qui peut statuer sur la possibilité d'un retour de l'enfant chez vous.

— Non, mais, il y a combien de procédures ? C'est l'enfer !

— Ah, vous trouvez que c'est l'enfer ? Ce n'est que le début. Bienvenue dans le monde de la Justice.

— Et le truc place Vendôme, c'est rapide ?

— Oui. Quatre mois en moyenne.

— Quoi ? Et ça, c'est rapide ?

— Le temps de la Justice n'est pas celui des justiciables.

La mère de mon fils a donc obtenu un jugement en référé, quatre jours après le pseudo-contrat proposé – enfin imposé, à la gare de Lausanne. Je ne suis jamais évoqué dans la décision du juge, seulement mentionné au paragraphe sur la pension alimentaire. Il m'est d'abord demandé 1 000 francs suisses par mois (environ 1 000 €) ; mais la cour a tranché à 400 francs, au motif que « les salaires français sont notoirement dérisoires par rapport aux salaires suisses ». Ce mépris traduit une dure réalité : une dame pipi à Genève gagne plus que Maud, assistante de direction dans le consulting – à un niveau d'asservissement comparable. À la lecture du jugement, il m'apparaît que si une mère saisit en urgence un juge, celui-ci lui confie la garde sans se poser de questions, au cas où il y aurait un danger pour l'enfant. Cette jurisprudence est acceptable – à la condition qu'une enquête et un débat contradictoire soient prévus par la suite. Peut-être que la mère se retranche de bonne foi derrière cette décision, justifiant ainsi son comportement ? Peut-être même que ses agissements sauraient être expliqués, voire légitimés par le fameux instinct maternel ? Et si nos nombrils étaient des *hubs* connectés, captant les ondes invisibles de nos mères, reconstituant virtuellement le cordon ombilical coupé ? Après tout, des personnes amputées témoignent de sensations persistantes dans les membres disparus. Je serais prêt à m'incliner devant la révélation d'un lien surnaturel et exclusif. Ce n'est pas anodin si, face à un danger immédiat ou à l'imminence de la mort, beaucoup crient : « Maman ! » Moi aussi, je suis en danger, maman.

En octobre, à une semaine de l'audience au TGI, je retrouve ma combativité et passe un coup de fil au tribunal pour me préparer au mieux. La musique d'attente vivaldiesque semble largement dépasser les quatre saisons. Mon avocate essaie de me joindre en double appel, mais je n'ose basculer si près de mon but : prouver que les agents administratifs du tribunal de Nanterre existent. Certains aventuriers ont tenté de percer le mystère de cette peuplade et sont repartis bredouilles ; les naïfs s'étaient présentés après 16 h 30. L'idéal est de les amadouer à la saison des amours, à l'approche des week-ends, lorsqu'ils donnent en offrande à leur dieu totémique – *Pantoufla vulgaria*, alias La Charentaise – des photocopies certifiées conformes. Et si possible, il est conseillé de traiter directement avec leur chef, car l'armée des sous-fifres sait comment repousser toute intrusion : « Vous n'avez pas rempli le formulaire E12 ? » Déjà vingt minutes de violonades, les prémices du syndrome de La Tourette me guettent :

— Sal…

— Tribunal de Nanterre, bonjour.

— Sal… Salut. J'ai une audience dans une semaine devant le juge aux affaires familiales et je redoute que la mère ne se présente pas. Je voulais savoir comment ça se passe dans ce cas.

— Ne quittez pas, je vous passe le greffe.

Nouvelle attente ; je finis par haïr le baroque vénitien. Enfin, j'entends une voix : la personne au bout du fil semble être familiarisée à la technologie du téléphone malgré, c'est évident, une vie en autarcie. Elle parle même notre langue, c'est touchant, et m'apprend qu'il y a eu un « souci administratif » :

— La mère a été convoquée par une simple lettre, or elle vit à l'étranger, et aurait donc dû être convoquée par un courrier avec accusé de réception.

— Oui, et ?

— Eh bien, elle n'aura aucun mal à demander, le jour de l'audience, son annulation pour vice de forme. Vous avez donc intérêt à demander une nouvelle audience dès aujourd'hui, plutôt que de prendre le risque de voir l'audience initialement prévue annulée le jour même et reportée à une date ultérieure – qui sera plus éloignée dans le temps que celle que vous pourriez obtenir en faisant une demande sans attendre.

— *Et vice versa.*

— Pardon ?

— En attendant, je ne vois pas mon fils !

— Bah... oui.

— Et elle aurait lieu quand, cette nouvelle audience ?

— Je ne peux pas vous le dire, mais… dans plusieurs mois.

— Quoi ? Attendez, je vais me jeter d'un pont et je reviens. (Silence au bout du fil.) Bon, eh bien, je demande une nouvelle audience.

— Pour ça, monsieur, il faudra vous présenter au secrétariat, nous ne faisons rien par téléphone.

— Si, vous annoncez de mauvaises nouvelles. Écoutez, vous avez fait une erreur, j'en paye le prix, donc vous arrangez les choses.

— Monsieur…

— Je sais, vous ne faites rien par téléphone, mais il y a un commencement à tout.

Je l'entends consulter l'avis de sa *n+1*.

— Monsieur Herserant ? Vous recevrez par courrier une convocation à la nouvelle audience.

— Merci. Et ne vous trompez pas de lettre, cette fois.

Victoire à la Pyrrhus. J'ai sous-estimé la botte secrète de l'administration judiciaire, à savoir l'incompétence crasse. Le Gall m'a laissé un message vocal. « J'ai reçu un mail de l'avocat suisse de Madame, je vous le transfère. En gros, elle refuse de mettre en place un calendrier de visites, au motif que votre petit est inscrit au jardin d'enfants à Orbe. Sa stratégie est claire, elle veut établir sa vie sur place et montrer que tout va bien. »

Les mauvaises nouvelles se superposent comme des sœurs siamoises à une partie de Twister. Mon audience chérie du lundi 16 octobre sera finalement reportée au lundi 29 janvier 2018. Les semaines passent et, chaque soir, j'essaye de faire vivre Gabriel dans mes rêves. Son visage s'efface petit à petit de ma mémoire. Bientôt, je ne rêverai plus de lui.

3

Yverdon-les-Bains est une ville thermale, effervescente l'été. L'hiver, les spas coincent la bulle, les vieux font leur cure en bord de mer. Je ne croise personne dans le dernier kilomètre jusqu'au tribunal, à croire qu'une zone d'exclusion a été décrétée autour du site, comme si les drames humains qui s'y jouent pouvaient contaminer la ville. Le tribunal est bien noté sur Google – « Super pour mon divorce ! ». Un internaute pose la question qui fâche : « Pas de distributeur de boissons ? » La partie rénovée jure un peu, et le bâtiment a la couleur des bâtisses du canton de Vaud, celle d'un saumon qui a gobé trop de mercure.

J'entre dans l'arène, prêt pour le combat. Dans mon casque Bluetooth explose la B.O. du *Dernier des Mohicans*. La partie adverse et le juge vont voir ce qu'ils vont voir. Je suis prêt à scander, tel le Mélenchon des couillus : « La paternité, c'est moi ! » Les violons éclatent après la cornemuse quand soudain, une voix de midinette chante : « J'ai compris tous les mots, j'ai bien compris, merci. » Céline Dion ramène sa fraise.

Fichu écran tactile glissé dans ma poche, fichue lecture aléatoire, fichu penchant pour la variété française. Imaginez un boxeur fendre la foule avant de monter sur le ring, encapuchonné dans un peignoir en satin brodé de lettres d'or, et frapper dans le vide une série de crochets supersoniques, sous les cris d'un speaker survolté, quand la sono se met à cracher dans un déluge de décibels : « Pour que tu m'aimes encore ». K.O. technique.

Dans les couloirs, il n'y a personne, ne résonne que le silence. Peut-être que les délinquants et les criminels préfèrent traverser la frontière et œuvrer en France, un pays plus feng shui pour les hors-la-loi.

Quand j'arrive devant la salle d'audience, la mère est déjà assise, *womanspreading* sur plusieurs sièges. Ses jambes ressemblent aux mandibules d'une fourmi géante, prêtes à me disséquer. J'ai un coup de chaud, le chauffage doit être réglé à fond. La Suisse ne jouerait pas le jeu de la sobriété énergétique ? À moins que je ne sois en train de me rapprocher de l'œil de Sauron.

Nos regards s'évitent, et nous faisons semblant d'être absorbés par nos téléphones. Activer le mode itinérance en Suisse coûte cher, mais me donner de la contenance n'a pas de prix. Cette femme ne m'est pas devenue étrangère, elle n'est cependant plus une proche, elle n'entre plus dans ma vie et n'en sort pas non plus complètement. Dans la fournaise de l'ultime couloir, son visage forme un cercle rouge écarlate en contraste avec le mur blanc. Après le drapeau suisse, ses couleurs esquissent désormais l'impérialisme du drapeau japonais. Je ne lui prête pas l'honneur des samouraï, mais devine qu'elle n'abandonnera jamais. L'air autour de nous est alourdi de colère, comme le son plombé du « Communication Breakdown » de Led Zeppelin. Les anciennes amours ont le pouvoir de se transmettre d'assourdissants messages de rancoeur, dans le silence total. « Mmm, t'es venu », me dit-elle enfin.

Ce « mmm » n'est pas l'interjection du désir, celui que l'on fait entendre quand un bon plat arrive sur la table. Il est aigu, remonte dans le nez, dédaigneux comme le gimmick d'un méchant de série B. Surjouerait-elle un rôle pour me faire comprendre qu'au fond, son mépris est circonstanciel, une simple stratégie au cœur du conflit ?

Les gens sont souvent déconcertés quand leur ex révèle un visage radical dans la rupture ; ils déplorent le contraste avec la complicité d'antan. Je crois qu'ils se trompent. Il n'y a pas un gouffre entre l'avant et l'après, c'est juste le passage d'une comédie à une autre. Les bons acteurs ont un registre varié, vont de la bluette au drame déchirant. À l'image des comédiens, hommes et femmes jouent leur palette d'émotions sur commande, en fonction du contexte. Pour insuffler un semblant de sincérité à leur interprétation, tels les adeptes de l'Actors Studio, ils ou elles n'ont qu'à piocher dans leurs blessures récentes. Aux yeux de la mère, je symbolise l'échec de son couple, peut-être dois-je en payer le prix – d'autant que j'ai l'outrecuidance de contrarier ses plans judiciaires. Si je reconnais avoir pu être un amoureux défaillant, loin du niveau attendu, au moins mon pouvoir de nuisance affiche une remarquable constance, doit-elle penser.

Pourtant nous avons eu nos moments, sans tricherie, où tout était évident. Se les remémore-t-elle parfois ? Ce resto de fruits de mer à Porquerolles où, peinant à décortiquer ses gambas, elle en avait catapulté la chair dans les cheveux de la voisine ; le parc de Bagatelle, où j'avais dû sacrifier ma basket gauche après une course-poursuite avec un paon ; ces nuits où elle dormait avec mon pull pour garder mon odeur près d'elle… Repense-t-elle aussi à nos amis que nous voulions caser à tout prix, exportant le modèle de notre bonheur, façonnant le monde à notre image ? Je nous revois enfin serrés l'un contre l'autre, contempler notre œuvre dans son berceau, nous émerveiller de ses bulles de salive et nous témoigner notre reconnaissance mutuelle. De ces petits riens, nous avons fait un grand tout.

Nous sommes invités à entrer dans la salle d'audience. Son avocat est déjà là, il raconte à la greffière une histoire visiblement rigolote. J'ai l'impression d'être un figurant qui débarque dans un club privé, où tout le monde se fait la bise, et où je viens embrasser mon destin. J'aurais bien aimé être assisté moi aussi. Le problème est qu'en Suisse, ce n'est pas à la portée du premier venu. Les avocats y sont comme les strip-teaseuses : il faut payer pour voir. C'est d'abord une secrétaire qui prend l'appel, voit si l'affaire entre dans le domaine de compétences du cabinet et, le cas échéant, envoie son IBAN. Délesté de 2 700 francs, j'ai enfin eu accès à un avocat – j'aurais là encore préféré une femme –, par téléphone. Sa voix était à peine audible, perdue dans un écho lointain. Je le soupçonne de m'avoir répondu depuis les toilettes. Ensuite, il n'a plus donné signe de vie malgré mes nombreux appels ; j'ai certainement dû essayer de le joindre quand son transit le tenait éloigné du trône. Je l'ai congédié, en me jurant de l'attaquer plus tard devant l'ordre des avocats du canton de Vaud. Je ne suis plus à une procédure près.

Je me retrouve donc seul à une cérémonie dont je n'ai pas les codes. Nous nous asseyons à une bonne dizaine de mètres du juge, perché sur son estrade. Je vais devoir faire porter ma voix, mais je n'avais pas prévu de me déplacer avec car-régie et micro-casque. Le juge Ovomaltine fait son entrée : « Il fait beau aujourd'hui. » Apparemment, lui aussi appartient au gang des messieurs météo. Il pourrait nous donner les prévisions des prochains jours ; une carte du canton de Vaud est affichée au-dessus de lui. Elle me rappelle les cartes pédagogiques de M. Musso en CM2, quand il plaçait les Pyrénées en Alsace, c'était le contrecoup de la « pause-café ». La devise vaudoise apparaît sous un drapeau vert et blanc, « Liberté et Patrie ». Elle me fait flipper, on dirait la devise d'un bled au fin fond du Texas.

À ma connaissance, les gens d'ici détestent les frontaliers, ces Français, Allemands ou Italiens qui travaillent en Suisse pour les salaires, mais vivent et consomment dans leur pays d'origine. Ce rejet s'exprime cependant « à la suisse », c'est une xénophobie mollassonne, à coups de « Ils nous enquiquinent » ou de « Qu'ils nous lâchent la grappe ». Les Français, les *Frouzes*, frontaliers ou non, ont droit à un traitement de faveur. Vue d'ici, la France est un repaire de révolutionnaires qui coupent des têtes.

Dans ce tribunal aux allures de ville fantôme, je me sens moins robespierriste que cow-boy, prêt à dégainer face au shérif local. Je suis le Terence Hill d'un western-raclette. Mon revolver est ma plaidoirie, celle que j'ai répétée inlassablement devant mon miroir. La vérité va éclore, casser la coquille du mensonge, recevoir la becquée de la part de la Convention de La Haye et des accords bilatéraux. « Le domicile de Gabriel est en France, sa mère a organisé sa domiciliation dans mon dos. Et surtout, il y a sursis à statuer car j'ai saisi le tribunal cantonal de Lausanne, juridiction de degré supérieur, pour que ma demande d'un retour de l'enfant soit étudiée. Par conséquent, monsieur le Président, je vous invite à aller vous faire foutre. » Ces mots résonnent dans ma tête au cours d'une ultime répétition. Mais en direct, ma voix dérape dans les aigus comme celle d'un 5e B en pleine mutation hormonale. Je subis le contrecoup du Céline Dion, c'est certain, et je ne suis pas le crooner des prétoires que j'espérais être. Si seulement j'avais croisé une forme humaine dans cette ville, j'aurais pu me chauffer avec un « bonjour » ; une Formule 1 ne carbure pas sans un *warm up*. Je commence à vider mon chargeur mais, c'est un comble, je sens que mon vocabulaire juridique est malvenu dans cette maison du droit. Le juge me regarde d'un air neutre, avec cette *poker face* typiquement locale doublée du charisme d'un dirigeant du MoDem. Il est « *lost in translation* », et j'en perds mes moyens. Au terme de mes dix minutes de monologue, la sentence tombe : « J'ai des papiers de l'administration fournis par Madame. Pour moi, cet enfant vit dans le canton de Vaud. Je suis donc compétent pour statuer sur le fond. »

Après tout, qu'est-ce que j'en sais, s'il se trompe ? Pourquoi l'erreur ne serait-elle pas du côté de mon avocate ? Comme le bon vin, l'avocat porte une robe et enivre son client de belles promesses. Le tribunal d'Yverdon est ma cellule de dégrisement. Si le juge dit vrai, si sa juridiction est compétente, c'est la fin. Jamais il ne prendra partie contre sa compatriote. « Liberté et Patrie » est la devise de son canton, pas « Égalité et Fraternité ».

— Monsieur Herserant, combien gagnez-vous par mois ? me questionne-t-il, alors que je me devine présumé coupable de pauvreté.

— Euh… environ 1 500 €, mais c'est fluctuant, selon mon activité. 1 500 € net, bien sûr.

Le juge, bouche bée, me regarde comme une aberration, et semble hésiter entre l'envie de rire et la compassion sincère. Il devait certes anticiper un salaire à la française – selon ses critères, un maigrelet 3 000 balles des familles –, mais la réalité dépasse ses plus pessimistes prédictions. Il m'imagine, je le sens, faire la queue à la soupe populaire, frotter mes mitaines au-dessus d'un bidon en feu, partager ma 8.6 avec mes compagnons d'infortune et tourner la manivelle de mon orgue de Barbarie. Il met fin à ce silence gênant en donnant la parole à la partie adverse. Je lui remets mes pièces à ajouter au dossier, l'aller et retour jusqu'à ma chaise est une mini-randonnée.

L'avocat de Madame fait dans la simplicité et confirme mon intuition : son métier, c'est 5 % de droit, et 95 % de tchatche. Il commence son entreprise de démolition :

— Monsieur le Président, je vais parler cash : monsieur Herserant nous enquiquine. Il harcèle ma cliente, alors qu'il sait très bien qu'il aura son fils un week-end par mois. Et il devrait s'estimer heureux.

— Maître, vous anticipez beaucoup, dis-je dans un sursaut de fierté.

— C'est un métier.

En plus d'être sûr de lui, il est beau mec, fruit du métissage local, entre l'Allemand fougueux et le Latin timide. Je suis persuadé qu'il a été choisi pour sa plastique – dans le but de me faire enrager. À ses côtés, la mère affiche le regard impassible du commanditaire de l'attaque, dont l'exécutant suit le plan à la lettre. Une série de déglutitions rapprochées, visibles aux mouvements de son cou gracile, trahissent cependant une certaine nervosité. La greffière glisse un mot à l'oreille du juge, qui interrompt les discussions :

— Monsieur Herserant, aviez-vous reçu l'ordonnance de mesures superprovisionnelles du 13 juillet et la convocation à la présente audience ?

— Non, je n'ai jamais reçu de courrier de la part du tribunal d'arrondissement. C'est mon avocate en France qui m'a dit que j'étais convoqué aujourd'hui, elle avait obtenu l'information auprès de l'avocat de Madame.

Celui-ci anticipe, puisque c'est son métier :

— Monsieur le Président, monsieur Herserant a simplement refusé de réceptionner le recommandé, en toute mauvaise foi.

— Quel serait son intérêt, puisqu'il se présente aujourd'hui à l'audience ?

Le shérif avait gardé une cartouche en réserve. Je le savais, un homme avec cet accent ne peut pas être un jusqu'au-boutiste de la méchanceté.

Une suspension d'audience plus tard, après vérification auprès du service courrier – l'un des bureaux fantômes de l'un des couloirs fantômes –, le président ajourne l'audience, au motif d'un vice de forme. Il ne manque pas d'ironiser sur la Poste française, un service public « frouzien » qui doit représenter le dernier cercle de l'Enfer à ses yeux. Moi, je le bénis. Je n'ai jamais été aussi fier d'être ressortissant d'un pays où les courriers n'arrivent pas à destination. Une histoire de lettre mal envoyée m'a condamné à Nanterre et une histoire de lettre jamais reçue me tire d'affaire à Yverdon. L'audience est reportée au 14 février, « le jour de la Saint-Valentin », note le magistrat. J'espère que nous ne nous reverrons plus jamais, Shérif, car l'un de nous deux est de trop dans cette ville.

4

Dans la nature, il n'y a pas de bonne ou de mauvaise odeur. La perception désagréable d'un parfum est l'alerte d'un danger lancée par le cerveau humain. Cependant, aucun effluve ne prévient du péril que représente Nanterre et son risque d'indigestion pour les yeux. La grisaille est inodore. J'ingurgite la pierre meulière sur le point d'être démolie, les façades végétalisées – ah, si j'avais du Roundup – et les cubes de verre en bordure d'un rond-point. C'est là que se trouve le TGI, ou plus précisément son annexe, rue Pablo-Neruda, du nom du poète communiste. Le communisme est une merveille en théorie et un désastre en pratique – ça se tient pour accueillir la Justice. Face au tribunal, il y a la préfecture des Hauts-de-Seine, où des étrangers en file indienne attendent par dizaines l'adoubement administratif pour devenir chevaliers Uber Eats : *The American Dream* à la française, la *green card* sauce roquefort.

Je me sens proche de ces irréguliers, clandestins ou apatrides. Comme eux, je n'ai plus de terre, l'espoir est mon asile et l'attente est mon sort.

J'attends tout de la Justice, ce qui sonne un peu comme : « Je mise sur les actions Eurotunnel » ou « Lehman Brothers, c'est du solide ».

À l'entrée du bâtiment, la photo d'une juge souriante est accompagnée d'une légende : « Votre tribunal fait peau neuve. Pour une Justice moderne. » Des fils pendent des faux plafonds, les coups de marteau des ouvriers supplantent ceux des magistrats, un type bastonne un distributeur pour faire tomber des M&M's, un triangle de signalisation prévient que les toilettes fuient et, dans le dédale des salles condamnées, deux policiers ne savent plus où escorter un type menotté. Le TGI semble en transition de genre, loin de la classique juridiction-Parthénon aux colonnes phalliques bien ordonnées.

La mère, déjà présente, est penchée sur une affichette pour tenter de déchiffrer le plan des lieux. Plus bas, je découvre son avocate, Me Radu, jeune et pimpante. Au loin, arrive la mienne, Me Le Gall. Celle-ci m'invite, de la main, à la suivre à l'écart. Chouette, un conciliabule, nous envoyons un signal fort à la partie adverse qui va se demander quel coup tactique génial nous sommes en train de préparer. La causerie d'avant-match commence : « Dorian, euh, vous savez où sont les toilettes ? En service, j'entends. » À l'orée d'une audience, s'il s'agit de la seule question en suspens, c'est bon signe.

— Très bien votre look, ajoute-t-elle, le blouson…

— Harrington, dis-je en montrant la doublure écossaise.

— Harrington, top, la barbe aussi, super.

Il faut dire que j'ai soigneusement sélectionné le sabot de ma tondeuse, pour me donner un air ténébreux, mais pas trop, tel James Dean au volant d'une Porsche hybride. M^e^ Le Gall poursuit, enthousiaste :

— Cette nuit, m'est venue l'idée pour ma plaidoirie d'une… *punchline*, c'est comme ça qu'on dit ?

— Puis-je en avoir la primeur ?

— Vous aurez la surprise.

Quel suspense. Au moins, si je perds, ce sera avec panache. « La juge Ionescu aime bien entendre les parents. Alors soyez concis et répondez, si possible, par oui ou par non », me coache mon avocate. Ionescu ? Ça ne sent pas la galette-saucisse, adieu la connexion bretonne. Et puis, ça rime avec Radu. Oh non… Le lobby roumain, je ne l'avais pas vu venir. « Monsieur Herserant, vous êtes avec moi ? », reprend Le Gall en claquant des doigts pour me tirer de ma réflexion. « Pas d'émotionnel, hein, que du factuel. »

Ça part mal, je suis déjà ému de la voir revêtir la robe. Des mois de misère affective me font aimer cette femme qui enfile son habit de lumière exclusivement pour moi. « J'ai relu les conclusions de Radu, elle vient plaider un divorce », dit-elle en ajustant ses manches. Je les ai lues aussi : chaque partie est tenue d'adresser ses conclusions au camp adverse, plusieurs jours avant l'audience. Celles de Radu frôlent le *revenge porn* en PDF. Avant de les lire, je n'ai pas été averti comme avant de visionner un contenu sensible ; aucun *hashtag* ne m'a mis en condition. J'ai pris la calomnie de plein fouet. Dans les donjons, loin devant le martinet ou l'acupuncture par talon aiguille, la lecture à voix haute des conclusions adverses pourrait devenir la torture favorite de ceux qui aiment se balader au bout d'une laisse. Le Gall me donne un dernier coup de cravache :

— Quand vous entendrez les horreurs de la partie adverse, rongez votre frein, mieux, taisez-vous. Et ne je ne veux pas vous voir lever les yeux au ciel ou faire « pff ».

— Pff…

— Qu'est-ce que j'ai dit ?

— Pardon…

— Bon, vous êtes prêt ? On y va ?

Je ne réponds rien.

— Monsieur Herserant ?
— Je m'entraîne à garder le silence.

Nous prenons enfin les escaliers qui mènent à la salle d'audience. Le tribunal doit être partenaire de mangerbouger.fr, puisqu'un ascenseur sur deux est en panne. Les bâtiments des juridictions sont rarement de plain-pied, les justiciables doivent s'élever avant, j'imagine, de redescendre sur terre. Nous atteignons le dernier couloir, où l'on ne passe pas à deux, à moins de raser les murs.

Cette étroitesse, à la limite de la grossophobie, signifie que l'étau se resserre. Comme à Yverdon, la mère est déjà assise, et ses longues jambes déployées nous barrent la route. Il n'y a plus qu'une chaise disponible et elle se trouve pile en face d'elle. Je redoute cette chaise au bout du couloir comme un condamné à mort redoute la chaise au bout du couloir. Elle ressemble à une grille de caddie pliée en deux, rebut du concours Lépine, catégorie « Design disruptif et lumbago ». Si je glisse une pièce d'1 € à l'intérieur, peut-être se met-elle à rouler contre la vie chère ? Je propose à mon avocate de s'y asseoir, elle décline mon invitation. Après une vaine recherche d'avantages à rester debout – « s'asseoir, c'est pas un truc de boomer ? » –, mes jambes abdiquent. Je le regrette instantanément – la chaise est aussi inconfortable que moche. Faisant face à la mère, sentant de près son parfum familier – *Chance* de Chanel –, mon cerveau m'alerte du danger. Je cherche à dissiper le malaise, et à réprimer l'envie interdite d'embrasser son cou, rejouant la comédie du type absorbé par son téléphone. Tiens, si j'allais consulter pour la huitième fois mon nombre de pas ?

En plus de nous, une dizaine de personnes attendent. Notre affaire n'est qu'un numéro parmi d'autres à l'ordre du jour. La Justice convoque à 9 heures, et fait passer à 13. J'ai le temps de regarder les femmes autour de moi, et arrive à la conclusion satisfaisante que si elles se trouvent ici, c'est a priori en célibataires. Je teste mon sourire de séducteur discret, une valeur sûre qui me rapporte parfois un croissant gratuit à la boulangerie. Peut-être me permettra-t-il de gratter un week-end de garde par-ci, par-là ? Mon avocate profite du temps mort pour saluer Me Radu. Elles se sourient chaleureusement, comme deux capitaines d'équipe avant le coup d'envoi d'un match, qui ne se feront ensuite aucun cadeau. Pourtant, je les devine complices d'une même duperie. L'une et l'autre partagent une profession de foi, la défense de la veuve et de l'orphelin, mais toutes deux font, concrètement, commerce de la misère humaine. Avocat est un boulot, et la robe, un bleu de travail.

Avant une échéance cruciale, qu'elle soit judiciaire ou médicale, l'attente est ce qu'il y a de pire. Dans la dernière ligne droite, on veut juste en finir. J'essaie de m'évader, aidé par le vacarme extérieur des poubelles, qui roulent sur le trottoir et s'en tamponnent. Les éboueurs ont une feuille de route minutée pour boucler leur ronde, même si les poubelles du 92 peuvent cacher des trésors qui mériteraient que l'on s'y attarde. Un jour, je ferai les poubelles de Neuilly, c'est un objectif de vie comme un autre. Le camion bipe en marche arrière. Comme lui, je vais moi aussi à reculons…

Chaque matin, un camion-poubelle passait sous nos fenêtres. Gabriel nous réveillait alors en sursaut, sa mère et moi, et demandait à être libéré de son lit, pour assister, une fois les volets ouverts, au grand spectacle des poubelles levées par les bras métalliques et retournées pour être vidées. Puis nous rejouions la scène, je l'agrippais et le vidais de toute sa réserve de rires.

Combien de fois ai-je espéré entendre sa petite voix le matin ? Combien de fois ai-je imaginé qu'il abrègerait mon sommeil et me tirerait du lit, garantissant au monde ma mauvaise humeur et à lui, rien qu'à lui, mon reliquat de sourires ? Sans lui, je ne réserve plus rien au monde, celui-ci ne m'intéresse plus. Toute ma production est tournée vers l'effort de guerre, et je ne suis pas loin de rendre les armes.

Maintenant qu'il n'est plus là, il n'y a plus d'est, il n'y a plus d'ouest, mon fil rouge est celui de mes idées noires. Le savoir heureux, peut-être, et en bonne santé, certainement, n'est pas suffisant. L'amour ne se contente pas d'une rumeur lointaine. « Loin des yeux, loin du cœur », c'est un truc d'amants un peu verts. Je ne suis pas un inspecteur des travaux finis, chargé de certifier que la construction de l'enfant s'est bien passée sans avoir visité le chantier. Je ne suis pas un architecte qui dessine les plans d'une maison où d'autres vivront. Je suis un maçon, je veux bâtir, me casser le dos et sentir la vie grandir entre mes mains. Le manque est un manteau trop large pour mes épaules.

Je n'entre plus dans sa chambre, ou seulement en apnée, comme si l'absence avait une odeur. Si j'y entre, c'est avec mes cinq sens cloisonnés, une musique dans les oreilles, les yeux rivés sur mon but – la salle de bains de l'autre côté – sans les poser sur le lit ou la bibliothèque, où les sirènes chantent les jours qui ne sont plus. Si j'entends leur voix, je plonge en eaux troubles et ne remonte plus à la surface. Je laisse sa chambre dans l'état où il l'a laissée. Sa chaussette sous le lit et la poussière ne font plus qu'une. Si Rocky de la Pat' Patrouille est penché, il continuera de voir le monde penché. Si je range ou nettoie, c'est que je tourne la page. Tant qu'il y a son bazar, c'est qu'il va revenir le ranger. Je lui ai construit une cabane avec des draps, aux prestations remarquables : coussins, coin lecture pour deux, îlot central en Duplo. Il s'y cache, je le sais. Ne me dites pas qu'il n'y est pas, ne me dites pas que je rate ses sourires. Je vais l'appeler pour passer à table, il demande juste un peu de temps pour me rejoindre.

Une fois, je suis entré dans sa chambre et je n'ai pas respecté la règle. J'ai senti ses draps et son minuscule haut de pyjama. Puis, j'ai regardé le vide depuis sa fenêtre. Des jeunes squattaient un banc, dix mètres plus bas. J'ai voulu les rejoindre par-dessus le garde-fou, la tête la première.

Un bruit m'a sauvé, l'unique fois où je suis entré dans sa chambre sans musique dans les oreilles. C'était le bip de son camion-poubelle depuis le coffre à jouets. Il est plus mélodieux que le bip de l'encéphalogramme plat. Dans la pénombre, le camion a projeté ses petits gyrophares sur les murs de la chambre, tel un feu de joie.

12 h 47, la porte d'une autre Chambre s'ouvre. La greffière, à la coupe militaire et à l'air sévère, nous accueille, avant de regagner son siège devant un ordinateur. La juge Ionescu est assise derrière

son bureau et arbore ce qui ressemble à un *dress code* capillaire, coiffé à la garçonne. C'est idiot, mais je redoute le militantisme tapi dans le cheveu court. Ses oreilles bien dégagées font apparaître une paire d'AirPods. A-t-elle oublié de les enlever ? Ou reçoit-elle des consignes depuis la régie comme une animatrice télé ? Nous sommes pourtant loin de la salle d'audience sous les projecteurs, et plus proches d'une arrière-boutique mal éclairée, où des syndicalistes fomenteraient des sabotages.

Une chaise d'écolier m'attend. Le TGI fait de la récup', moins par conviction écologique que par manque de moyens. À première vue, je ne trouve pas de chewing-gums collés en dessous ni de tags au blanco. L'assise est aussi inconfortable que celle du caddie reconverti. Je comprends mieux l'adage : « La loi est dure, mais c'est la loi. »

Maquillage chiche, bijoux absents, Ionescu brouille les pistes de la sensualité pour mieux offrir le regard de la neutralité. Ne me dites pas qu'elle est suisse, elle aussi ! Derrière elle, le ficus et son opulente chevelure verte frôlent, par contraste, l'attentat à la pudeur. Ionescu a peut-être 38 ans, mais en fait dix de plus, le visage épuisé par les affaires précédentes. Je compatis. Le JAF est aux premières loges du défilé des cas sociaux sur le podium de la misère conjugale, de la pauvre victime aux cocards bleu électrique jusqu'à son bourreau, qui jure qu'elle a glissé accidentellement, à douze reprises, sur le radiateur en fonte. Ionescu ne semble pas vouloir s'éterniser – elle a déjà pris dix ans en une matinée – et son ventre crie bruyamment famine. Peut-être utilise-t-elle ses AirPods pour achever une commande Uber Eats, qu'un chevalier de la préfecture viendra lui livrer ? Un salutaire sachet de M&M's dépasse de son sac à main posé à ses pieds. Visiblement, il y a des passe-droits à la Selecta.

— Nous sommes ici pour l'affaire Herserant contre Felber, commence-t-elle sobrement. Nous nous étions vus le 29 janvier dernier avec Me Radu et M^e^ Le Gall, mais j'avais décidé de reporter l'audience à aujourd'hui, dans l'attente du jugement du tribunal cantonal de Lausanne. Alors, qu'est-ce que le tribunal a décidé ? Maître Le Gall ? Maître Le Gall ? répète la juge.

— Parlez plus fort, j'entends pas, répond sèchement Le Gall en montrant du doigt sa prothèse auditive.

Alors que je fais l'effort d'être poli – ma raie sur le côté, savamment étudiée, me donne l'air d'un têtard de bénitier –, ma déménageuse bretonne débarque au tribunal tel un black bloc dans une boutique des Champs-Élysées. Je ne sais plus où me mettre ; le sonotone ne dispense pas de la bonne entente.

Par chance, la juge ne se formalise pas et Le Gall enchaîne :

— Le tribunal cantonal avait nommé un curateur qui a conclu, sans ambiguïté, au déplacement illicite et au changement de domicile selon la Convention de La Haye, et préconisé le retour de l'enfant chez son père. Pendant l'audience, une médiation a été proposée aux parties, souhaitée par mon client et acceptée, non sans résistance, par madame Felber, pour éviter de mettre en place une procédure de retour qui peut être traumatisante pour tout le monde. Cela a permis d'élaborer un calendrier de droit de visite et d'hébergement, que madame Felber n'a pas respecté.

— Ça ne s'est pas passé ainsi, intervient l'avocate adverse. Ma cliente s'est montrée tout à fait conciliante et les non-présentations sont justifiées par des certificats médicaux, ou des problèmes de circulation de trains. Monsieur Herserant, à chaque fois, en a été informé, comme l'attestent les différents échanges de mails.

J'espérais un « objection, votre honneur ! », mais nous ne sommes définitivement pas à la télévision. Après cette première passe d'armes, Ionescu reprend la parole : « Je constate que le tribunal cantonal reconnaît que la résidence habituelle de l'enfant est en France. Aussi je déclare la présente juridiction compétente pour statuer sur le fond. »

C'est étrange d'entendre huit mois de procédures résumés en deux minutes de charabia juridique. Depuis huit mois, saisines et formulaires sont le contrepoint d'une mélodie administrative accablante. Dans mon salon se dressent deux tours jumelles de dossiers, que je rêve d'abattre d'un avion de papier. Quand votre enfant vous est enlevé, vous êtes face à une alternative : abandonner, et il ne se passe rien, ou agir – et il ne se passe pas grand-chose. Ce « pas grand-chose » demande beaucoup de travail et pompe toute votre énergie. L'avocat intervient ensuite pour synthétiser votre désarroi. Après avoir confirmé son autorité, Ionescu va à l'essentiel :

— Quel âge a l'enfant ?

— Trois ans, madame le Juge, répond Le Gall.

Ce simple rappel vient, je le crains, contrarier un début prometteur. Les faits sont là, mon fils est à peine plus âgé qu'un bébé. La juge me fait alors entrer en scène :

— Monsieur Herserant, quel est votre emploi du temps, êtes-vous disponible pour accueillir votre enfant ?

— Eh bien disons que, euh, dans mon activité, euh, comment dire, professionnelle, mes horaires…

— Venez-en au fait.

Je subis un petit coup de pression et j'abats déjà mon atout, le sourire du séducteur, que je sens moins efficace qu'entre les croissants et les chouquettes de ma boulangère. Je me remobilise rapidement : « Oui, je suis disponible. » J'aurais voulu ne pas dire un oui, mais « le » oui, avec la conviction d'une playmate qui va épouser Hugh Heffner, en connaissant son dernier bilan sanguin. Ma voix est fluette, bis repetita. Et puis, je ne tire pas une grande fierté de mon statut de graphiste free-lance. Il me donne certes du temps, mais je n'ai pas les reins solides. D'ailleurs, je sens encore cette douleur dans les lombaires, elle fait une ascension parallèle à celle de mon stress.

— Monsieur Herserant, combien gagnez-vous par mois ?

— Oui. (Je prends maintenant très à cœur les consignes de mon avocate.)

— Mon client gagne environ 1 500 € par mois, précise Le Gall. Nous vous transmettons son dernier avis d'imposition et son plus récent contrat de travail.

À Nanterre, contrairement à Yverdon, l'aveu de revenus modestes ne semble pas malvenu. Il pourrait même susciter un peu de sympathie. Curieusement, Ionescu ne pose pas ces questions à la mère. Soit elle estime qu'elle peut naturellement accueillir l'enfant – après tout, il vit chez elle depuis des mois –, soit elle se sent disposée à reconnaître, en priorité, ma légitimité à héberger mon fils. Elle tente quand même une incursion dans le camp adverse :

— Madame Felber, pourquoi êtes-vous rentrée en Suisse ?

— Pour me rapprocher de ma famille.

La greffière intensifie sa prise de notes et, après ce tour de chauffe, Ionescu agite le drapeau à damier :

— Comme monsieur Herserant est le demandeur, je vous invite, Maître Le Gall, à ouvrir les débats.

— Merci, madame le Juge. Dans l'affaire qui nous intéresse aujourd'hui, il faut siffler la fin de la récréation, la fin du jeu pervers de madame Felber.

Un râle de perceuse couvre Le Gall, qui enchaîne tambour battant. Elle est manifestement la seule à ne pas l'avoir entendu. La suite de sa plaidoirie, peut-être brillante, est complètement étouffée par le bruit. Puis, le calme revient et Le Gall continue, l'air de rien. « Nous en sommes aujourd'hui à la cinquième audience, après celles en Suisse et celles qui ont été reportées. Mon client est épuisé, mon client est con... » Nouveau râle de perceuse et mot imperceptible. Conciliant ? Consterné ? Con tout court ? Personne n'aura la réponse.

« L'enlèvement international d'enfant, reprend-elle, a été reconnu par le tribunal cantonal de Lausanne, mais je ne vais pas plus développer ce point, je le fais précisément dans mes conclusions. (Crescendo de perceuse.) Il faut mettre fin au jeu pervers de... Black et Decker. »

Moment de flottement ; mon avocate a l'ouïe plus fine qu'il n'y paraît. J'attends de voir si la Reine rit au bon mot… C'est le cas, je ris aussi. Le Gall enchaîne :

— La mère a fait croire à un départ dans la douceur et le dialogue, le temps d'organiser sa vie avec Gabriel en Suisse, en se passant de l'accord du père. (Perceuse *allegro ma non troppo*.) De dialogue, il n'y a jamais eu, malgré les propositions de médiation familiale faites par mon client, restées lettres mortes. (Petit râle de perceuse, un râlounet. Du coin de l'œil, j'aperçois la mère lever les yeux au ciel.) D'empathie, de souci d'organisation, il n'y a pas eu non plus, puisque la mère a sciemment saboté les retrouvailles prévues entre Gabriel et son papa. (Perceuse en *do* majeur.)

— Maître, nous allons peut-être attendre que la perceuse finisse de percer.

Le vacarme continue, et Ionescu charge la greffière d'aller voir ce qui se passe. Souvent, les bruits assourdissants, quand je me sais à l'abri de toute menace, m'enrobent de frissons de cocooning. Cela remonte à l'enfance, l'aspirateur que passait mon père faisait le boucan d'un Boeing au décollage, tout en dégageant une chaleur réconfortante. Je suivais alors l'appareil à la trace, me positionnant dans le sillage de son air chaud. Au Lav'Auto, je me laissais enfermer dans la voiture qui avançait toute seule sur la plateforme, en direction du cyclone des énormes brosses rotatives. Depuis, la clameur de mon lave-linge me donne une délicieuse chair de poule, les hélices vrombissantes brassant l'air chaud des parkings m'envoûtent, les quatre-vingts décibels de mon sèche-cheveux harmonisent le sirocco que je diffuse sous mes vêtements pour affronter l'hiver. Au TGI, le chant de la perceuse commence aussi à me bercer, mais je sais que le danger est proche…

Le premier sabotage dont parle Le Gall a eu lieu en Suisse. Dans le hall d'entrée de la gare de Lausanne, je me revois scruter le tableau des trains à l'arrivée. Le Renens-Morges-Genève, je le sentais bien. En face, à la Brioche Dorée locale, les sandwichs populaires partaient les premiers, comme les copains choisis à la récré pour former la meilleure équipe de foot. Dans un coin, un pain aux graines mal fichu, dégueulant ses tomates et sa laitue, était ostensiblement délaissé par les clients.

Je suis parti me positionner au bout du quai numéro 2 et, sur la pointe des pieds, me suis balancé de gauche à droite en étirant mon cou, pour voir au-delà des premiers voyageurs qui descendaient des voitures. Gabriel n'en faisait pas partie. J'avais dû mal comprendre, peut-être arriverait-t-il par le bus ? Je l'imaginais sautiller sur son siège, compter le nombre d'arrêts le séparant de la gare et se demander si j'étais venu avec un cadeau. « Il ne connaît pas encore les Gremlins, mais aimera sa peluche Gizmo », avais-je dit au vendeur de La Grande Récré. Un message WhatsApp a mis fin à mon doux scénario. « Gabriel est malade. » J'ai alors négocié un compromis, suppliant la mère de pouvoir au moins le saluer. Dans le vide. En dernier recours, je l'ai implorée de me le montrer en vidéo, pour lui faire un bisou – et attester son état. Plus de réponse.

Dans le hall d'entrée de la gare de Lausanne, il ne restait maintenant plus qu'un seul sandwich à la Brioche Dorée locale : le pain aux graines victime de *bodyshaming*. Je l'ai choisi, par défaut, comme le dernier copain à la récré pour « jouer gardien ». Pour lui rendre un peu de sa dignité, j'ai redressé sa laitue flétrie. En ce lieu de passage et de multitude, mon partenaire d'infortune, au destin comparable au mien, était un club poulet. Je n'ai pas pleuré, de peur qu'une larme ne coule sur Gizmo. Il ne faut jamais mouiller un Gremlin.

— L'orchestre a noyé le ténor du barreau, plaisante mon avocate pour me sortir de ma torpeur.

Les perceuses alentour semblent avoir terminé leur opération de sabotage.

— C'est bon, ils voulaient profiter de la pause du midi pour avancer, dit la greffière de retour, dont la mine sévère a sûrement été persuasive auprès des ouvriers.

— Oui, eh bien la Justice ne s'arrête pas entre midi et deux, s'agace la juge.

« Peut-être, mais elle s'arrête parfois pendant des mois », me dis-je à moi-même.

Le Gall peut reprendre son récital :

— Madame le Juge, il vaudra toujours mieux, dans l'intérêt supérieur de l'enfant, un père aimant et dévoué – je crois que mon client l'a suffisamment prouvé – qu'une mère le privant délibérément de son papa, ce qui est une maltraitance reconnue par le Code pénal.

J'entends la mère faire « Pff ».

— Si j'osais – nous sommes voisins de La Défense –, je dirais qu'il vaut mieux un père actionnaire majoritaire de l'entreprise familiale qu'une mère en faillite. (La mère laisse échapper un « Pff » encore plus sonore.) Je rappelle que monsieur Hersérant travaille à domicile et peut aisément adapter son planning à celui de son enfant, en particulier aux horaires de l'école maternelle où Gabriel serait inscrit dès la rentrée prochaine. Mon client s'est d'ailleurs renseigné auprès de la mairie de Clamart, l'école n'est qu'à trois minutes à pied de son domicile. Dans le canton de Vaud, la scolarisation ne commence qu'à quatre ans révolus. Ne serait-il pas bénéfique pour Gabriel de connaître l'école dès le mois de septembre prochain ? Quel projet de vie propose Madame à son fils pour les deux années à venir ? Le fameux jardin d'enfants où elle l'a inscrit dans le seul but de cannibaliser les démarches de monsieur Herserant ? Au passage, pourquoi Madame s'arroge-t-elle la garde de Gabriel si c'est pour le laisser toute la journée à la garderie ?

La mère secoue nerveusement les jambes comme un batteur de heavy metal martèlerait sa double pédale.

— Madame le Juge, vous avez, en ouverture d'audience, posé une question simple à madame Felber. « Pourquoi êtes-vous rentrée en Suisse ? » À cette question, elle a répondu : « Pour me rapprocher de ma famille ». Sa famille n'est-elle pas, avant tout, Gabriel et Dorian Herserant ? Certes les couples se font et se défont, mais il existe des solutions plus intelligentes et conciliantes que celle d'arracher un enfant à son père. J'invite enfin la cour à réfléchir à l'évolution de notre époque. Les temps changent. Aujourd'hui, un père est une mère comme les autres.

Le Gall me lance un regard complice. C'était donc ça, sa fameuse *punchline*. Je suis moyennement emballé, mais la juge sourit et opine du chef.

Je mets donc de côté mon esprit critique, prêt à me ranger derrière toute formule qui fait mouche, quitte à compromettre mes convictions.

— L'enjeu de cette audience est-il de s'inscrire dans ce progrès, ou de rester accrochés à des traditions d'un autre âge ? Notre regard sur la figure du père doit changer et la Justice doit oser faire prévaloir le droit et la raison sur la morale et l'inconsistance. C'est pourquoi nous demandons, à titre principal, que la résidence de l'enfant, Gabriel, soit fixée chez son père, proposant à la mère un droit de visite et d'hébergement à raison de deux week-ends par mois et de la moitié des vacances scolaires. Cette demande ne doit pas être ignorée, madame le Juge, dans la mesure où la distance rend impossible la résidence alternée et où mon client s'engage à respecter les droits parentaux de la mère. Sur ce sujet, l'inverse n'est pas vrai, les récentes non-présentations d'enfant en sont la triste démonstration. Concernant la pension alimentaire, nous souhaiterions la fixer à 160 € par mois, même si les revenus confortables de Madame pourraient nous inciter à demander plus. Il s'agit d'un montant honorifique, parce que l'argent n'est pas la motivation première de mon client. À titre subsidiaire, nous demandons, dans l'hypothèse inconcevable où la résidence de l'enfant serait fixée chez la mère, un droit de visite élargi au bénéfice du père, à raison de deux week-ends par mois et de l'intégralité des vacances scolaires, en dehors de Noël et des congés d'été qui seraient partagés. Je vous remercie.

Au terme de la plaidoirie de Le Gall, je retire instinctivement mon blouson que j'avais gardé jusque-là sur mes épaules, sans m'en rendre compte. Ce n'est pas grave, j'ai ainsi pu renvoyer l'image du skipper qui, face aux éléments déchaînés, fend la mer des mensonges sur la proue du Pen Duick sertie d'embruns de perle et d'argent. Ou alors je suis passé pour un type frileux. En retirant mon blouson, je mesure la teneur symbolique du geste, qui me libère d'un poids et me mets en tenue adéquate, prêt à parer les coups de la plaidoirie adverse. En ajustant mon Harrington sur la chaise d'écolier, je sens une grosseur suspecte dans une poche latérale. Je la tâte à travers le tissu et la mammographie du polyester délivre son diagnostic : il s'agit des chaussettes antidérapantes de Gabriel. Que font-elles ici ? Pendant ce temps, Ionescu passe les plats :

— Merci, Maître Le Gall, je vous laisse me remettre vos conclusions et donne la parole à Me Radu.

— C'est n'importe quoi, chuchote la mère indignée à son avocate.

D'un geste rassurant, Radu pose sa main sur son bras et, de sa bouche en cul-de-poule – la moue de la confiance en soi –, semble lui dire : « Ils ne perdent rien pour attendre. » Derrière une applique murale, je distingue une araignée bien dodue sur sa toile et, à distance respectable, une espèce de puceron. Je plisse mes yeux pour corriger ma myopie et lui découvre huit pattes. Je crois qu'il s'agit du mâle. Il se dépatouille comme il peut, mais s'apprête à se faire manger.

« Merci, madame *la* Juge », commence Me Radu en insistant sur le « la ». D'emblée, contrairement à Me Le Gall, elle rappelle que le juge est une femme. Effet immédiat de la sororité verbalisée, Ionescu retire ses AirPods en laissant échapper un petit « oups ». Pour se différencier un peu plus, Radu se lève pour plaider. Voilà un effet de manche dans cette salle proche du cagibi, d'autant que, même perchée sur des escarpins, elle dépasse à peine la mère de Gabriel restée assise. Je la soupçonne de s'être mise debout avant tout pour nous faire apprécier le claquement de ses talons hauts. Comme dans une grosse production hollywoodienne, s'il y a du budget, autant que ça se remarque.

« De quoi on parle ? », questionne-t-elle d'entrée, sur un ton suggérant qu'il ne devrait même pas y avoir débat. Elle nous explique ce qui relève, selon elle, de l'évidence :

— Madame Felber est d'abord une femme, une femme libre, libre de ses choix, libre de mener la vie qu'elle veut, là où elle l'entend. Ainsi ma cliente a choisi le bonheur. Or à femme heureuse, mère heureuse, et à mère heureuse, enfant heureux. Ce bonheur, madame Felber le construit désormais à l'abri d'une relation toxique. Au quotidien, quand elle vivait avec son ex-conjoint, ma cliente était critiquée, rabaissée, parce que, soi-disant, elle ne participait pas aux dépenses du ménage. J'ai un scoop pour la partie adverse : mère au foyer est un métier à part entière, injustement méprisé. De plus, Monsieur négligeait la dépression post-partum de ma cliente, qui aurait aimé du soutien en cette période difficile. Or il ne passait jamais le balai, n'a changé les couches qu'à une seule reprise, et c'est tout juste si, dans la foulée, Monsieur n'a pas demandé une médaille.

— Madame le Juge, rétorque Le Gall, sommes-nous au tribunal ou chez le conseiller conjugal ?

— Chère consœur, ne m'interrompez pas, je vous ai laissée dérouler le fil de votre pensée.

— Est-ce qu'un médecin a diagnostiqué cette supposée dépression de madame Felber ? Est-ce qu'il y a une police du balai ?

— Maître Radu, continuez, s'il vous plaît, intervient Ionescu.

— Merci, madame la Juge. Prenant la meilleure décision pour elle, madame Felber a aussi pris la meilleure décision pour son enfant, loin des engueulades et des brimades, avant que ça ne dégénère et ne traumatise Gabriel.

D'un regard tranquille, Le Gall m'intime de rester calme. J'obéis sans mal, d'autant que la forme m'interpelle plus que le fond. Si Radu était mon avocate, elle mettrait la même ardeur à me défendre et se montrerait impitoyable avec la mère. L'avocat est un jukebox dans lequel on glisse une pièce pour écouter la chanson de son choix. Radu reprend :

— Une fois installée en Suisse, son pays d'origine, où elle a ses repères et des perspectives professionnelles, ma cliente a organisé la vie de son fils pour lui offrir un cadre de vie rassurant et structurant. Madame Felber a informé monsieur Herserant de son départ dans une lettre, départ auquel il ne s'est jamais opposé, avant de prendre la décision normale, permettez-moi de dire naturelle, d'établir un domicile pour son enfant. Peut-on raisonnablement reprocher cela à une maman ? Alors j'interroge à nouveau la cour : de quoi on parle ? À aucun moment, monsieur Herserant ne nous dit que son enfant serait en danger ou maltraité. Où serait donc l'urgence de le faire déménager ? De fait, il vit depuis des mois auprès de sa maman, mais aussi de ses grands-parents, oncles, tantes et cousins. Pourquoi le faire revenir à Clamart, où il n'a plus ses habitudes et où monsieur Herserant vit seul ?

La dame en escarpins m'inspire un langage fleuri, alors pour ne pas déraper, je saisis en urgence une chaussette de Gabriel dans ma poche. Je détourne aussi mon regard, à la recherche d'une distraction. La toile d'araignée fera l'affaire. La femelle s'est dangereusement rapprochée de sa proie et va s'en délecter, c'est certain. Fuis, mais fuis, pauvre idiot ! Radu poursuit :

— Ma cliente a une situation professionnelle stable, contrairement à monsieur Herserant. Elle a trouvé un emploi aux quatre cinquièmes dans les ressources humaines et gagne 5 000 francs suisses par mois – environ 5 000 €. Son appartement à Orbe est fonctionnel et agréable, d'une surface de quatre-vingts mètres carrés. Gabriel y dispose d'une chambre spacieuse, où il a recréé tout son univers.

Je malaxe les chaussettes de Gabi comme un antistress.

— *A contrario*, qu'est-ce que monsieur Herserant peut offrir à Gabriel ? surenchérit Radu. Son emploi et ses revenus sont irréguliers. Madame Felber s'inquiète aussi de la négligence dont il fait preuve. Quand elle laisse son garçon seul avec son père, celui-ci le mène droit à l'hôpital.

— Pardon, madame le Ju… *la* Juge, finis-je par intervenir, retirant prestement la main de ma poche et faisant tomber une chaussette au sol. Si vous me le permettez, cela ne s'est pas passé ainsi. On était au lac de Créteil – Madame n'était pas là et je ne sais pas où elle était –, mon petit marchait derrière moi et a crié. Immédiatement, j'ai couru vers lui et je me suis aperçu qu'un caillou s'était enfoncé sous son ongle, parce qu'il avait gratté un muret. Je l'ai tout de suite emmené aux urgences de Mondor, on m'a redirigé vers « l'Interco ». Là-bas, un médecin a raclé l'ongle de Gabriel et pendant ce temps, je tenais un masque sur son nez. Il était hilare sous l'effet de l'oxygène et du protoxyde d'azote – enfin, bref, c'était un accident, comme il peut en arriver à n'importe quel parent, madame Felber y compris. J'ai réagi rapidement et de la meilleure des façons.

Le Gall soupire, je n'aurais pas dû entrer dans le jeu de la partie adverse. Cherchant une échappatoire à sa réprobation, mes yeux songent encore à la toile d'araignée – elle doit maintenant ressembler à un abattoir –, puis optent finalement pour le rouge sang des semelles de Radu. Mon cerveau a dû faire l'association d'idées... Telle une muleta de torero, la paire de Louboutin virevolte et m'invite à charger encore. Radu plante son ultime banderille : « Qu'a monsieur Herserant à offrir à Gabriel ? Même son appartement ne peut pas accueillir un enfant dans des conditions décentes. Voici quelques photos qui démontrent un sens du rangement, on va dire personnel, voire franchement baroque. »

Radu tend les clichés à Ionescu, claquant une dernière fois ses talons au sol et enfonçant le clou de ma crucifixion.

Casserole de pâtes entamée sur la gazinière, bananes noircies dans une corbeille à fruits, tee-shirt posé sur un manche à balai… Mon chez-moi ne ferait pas office de showroom scandinave à la mode, mais au moins, c'est un endroit vivant. Du reste, si la mère a pris ces photos du temps de notre vie commune, elle tombera pour complicité de bordel. Ionescu examine les photos attentivement : « On dirait le tribunal de Nanterre. » La greffière explose d'un rire proche de la mitraillette, dont les rafales rappellent les perceuses cacophoniques. Bientôt l'arme s'enraye et une quinte de toux immaîtrisable prend la relève. « Nadine, tout va bien ? », s'inquiète Ionescu. Nadine lève le pouce, incapable de parler. C'est dangereux, d'être sténodactylo au XXIe siècle. Radu achève alors son tour de piste :

— Pour conclure, je dirais que de zéro à dix ans est le temps de la maman et que le temps du père vient à l'adolescence. Tout le monde le sait. M^e^ Le Gall nous parle de modernité, invite la cour à épouser ce qui serait, selon elle, l'évolution de la société. Or la modernité est du côté de ma cliente. Constance Felber est une femme qui se construit loin du schéma patriarcal et hétéronormé.

— À l'heure où l'on déconstruit l'homme, il serait peut-être temps de construire le père, objecte Le Gall.

— Et de respecter la figure de la mère, reprend Radu. Mieux, celle d'une mère courage. Parce qu'il est inenvisageable de séparer Gabriel de sa maman, nous demandons la garde exclusive au profit de madame Constance Felber, assortie d'un droit de visite et d'hébergement pour le père en fonction des conclusions de l'enquête sociale que nous vous demandons, madame la Juge, de diligenter. Il faut faire la lumière sur les conditions d'accueil chez monsieur Herserant.

— Une enquête me paraît difficilement envisageable, estime Ionescu. Celle-ci doit être menée équitablement chez le père et chez la mère, or l'enquêtrice ne se déplacera pas à l'étranger.

— Dans une affaire similaire, il n'y a eu aucune difficulté pour lancer une enquête en Guadeloupe.

— La Guadeloupe, c'est la France.

Finalement, entre Radu et Ionescu, je ne sens pas une sororité de dingue. Tout en commençant à ranger ses affaires, la juge invite les parties à ajouter une dernière chose si elles le souhaitent. Personne n'ose le faire, tant Ionescu semble pressée d'en finir. Et tout a été dit. Le délibéré est fixé au 15 mars. « Trois semaines, c'est rapide », me glisse Le Gall.

Je ramasse la chaussette au sol, comme un vestige du champ de bataille. Sur la toile d'araignée, le mâle n'est plus. Petit ange parti trop vite, repose en paix. Je te dédie cette épitaphe que j'espère ne jamais faire mienne : « Copule et tais-toi ».

5

— Non, mais vous avez entendu comme moi ? dis-je, encore sous le choc, sur le parvis du tribunal.

— Que vous êtes un mâle toxique et un mauvais père ? répond Le Gall, blasée et s'allumant une clope.

— Non, mais genre, j'ai changé qu'une couche dans ma vie, quoi !

— Ah, ça ? Vous imaginez Lino Ventura changer une couche ?

— Hein ?

— Excusez-moi, dit Le Gall, répondant au téléphone.

Qu'est-ce que Lino Ventura vient faire ici ? Serait-il inconcevable qu'un mec, un vrai, s'abaisse à changer une couche ? Il s'agit pourtant d'une tâche virile : on plonge les mains dans le cambouis, on décrasse le moteur, on contrôle ce que bébé a sous le capot. Être jeune parent, c'est vivre avec un caca de Damoclès au-dessus de la tête, c'est voir son poupon devenir tout rouge dans la poussette. Alors on déplie la couche souillée tel un coffre au trésor, on valorise le créateur tel l'Amadeus de la matière fécale : « Oh, le beau popo que voilà ! » Ainsi, à la découverte de ce chef-d'œuvre, on invente des onomatopées que l'on ne dira plus jamais de sa vie, « Oudoudoudoudou », on retrouve son âme d'enfant dans une routine d'adulte ; bref, changer une couche est de l'artisanat, voire de l'orfèvrerie. Je donnerais tout pour soulever de nouveau l'opercule du paquet de lingettes Fess'Net. Et puis, on ne le dit jamais assez, changer une couche revêt un intérêt stratégique. Pendant deux minutes, on échappe au vis-à-vis de son ou de sa conjointe, et l'on gagne un tête-à-tête exclusif avec la personne que l'on aime le plus au monde.

— Des couches, j'en ai changé mille, dis-je à Le Gall qui termine son appel.

— Ah, vous êtes encore là-dessus. Bon, vous le sentez comment ?

— Je sais pas… Je crois qu'on a dit ce qu'on avait à dire.

— Elle vous a bien chargé, quand même. Mais bon, le côté victimisation, les juges en ont ras-le-bol.

— Espérons… Vous avez un pronostic ?

— Ce qui m'emmerde, c'est que Ionescu a acquiescé à la phrase, vous savez, comme quoi les pères jouent un rôle à l'adolescence. Et puis, l'autre truc emmerdant, c'est que bon, elle a enlevé le gamin, OK, mais le résultat est qu'il vit avec sa mère depuis des mois. Et ça…

— Mais c'est trop facile ! Alors demain, je me barre à Hawaï avec Gabriel, parce que j'aime le surf – le temps qu'elle fasse ses démarches –, il y a un an qui s'écoule, et alors c'est bon, il reste avec moi ?

— Bah, je sais bien, mais qu'est-ce que vous voulez que je vous dise ? Les faits sont têtus. Alors moi, ce que j'en pense, c'est que si on arrive à avoir un droit de visite élargi, ce sera déjà bien.

— Non mais… juste revoir mon fils, ce serait déjà plus que bien.

— Après, Gabriel va grandir, vous savez, ça passe vite. Il sera en âge de choisir où il veut vivre et si c'est avec sa mère, vous ne pourrez pas dire grand-chose. Moi je vois avec ma fille, elle s'est brouillée avec son père pendant des années. Bon, maintenant, ils se parlent, mais ma foi, c'est la vie. Aujourd'hui, c'est plutôt avec moi qu'elle coupe les ponts.

— Ah bon ?

— Oui, depuis qu'elle est jeune maman, figurez-vous, elle ne veut pas que je garde sa fille, parce que si elle pleure je ne l'entendrai pas, à cause de mes problèmes d'audition. Ça crée tout un binz. Là, on ne s'est pas parlé depuis un an, j'essaye de l'appeler, elle me raccroche au nez, me dit qu'avec son père, c'est de ma faute, parce qu'il perd la boule… Enfin, c'est comme si je n'avais plus de fille. Alors que c'est moi qui l'ai élevée, seule quasiment.

— Oui, elle vous fait payer des trucs que…

— Tout ça pour dire que vous n'êtes pas au bout de vos peines, vous avez fait ce qu'il faut et ce que vous obtiendrez, ma foi, ce sera toujours ça de pris. Je vous raccompagne, vous rentrez comment ?

— RER, je pense.

— Bon, de toute façon, faut que je passe au greffe. Allez, courage, on s'appelle.

— Merci, Maître.

Le Gall écrase sa clope dans un cendrier sur pied et retourne dans le gros Rubik's Cube de verre inachevé. Demain, elle y plaidera une autre cause. Je téléphone à mes parents, puis à mon frère, leur raconte « mon procès » et fais des gorges chaudes du comportement de la mère. C'est à la fois grisant et reposant de parler à l'auditoire familial, acquis à ma cause. Tous les cris que je n'ai pas pu pousser, je les libère de leurs chaussettes antidérapantes. La décompression est à la hauteur de la longue attente avant l'audience. Dos au tribunal, face au rond-point et à tous ses itinéraires possibles, j'ai le sentiment du devoir accompli. Pourtant l'audience n'est qu'une étape, la finalité est le délibéré. Les dés sont jetés, et je ne maîtrise plus rien.

Autour de moi, des avocates se détendent, clope au bec. L'une d'entre elles se tient à l'écart des volutes de fumée. Elle porte sous le bras d'épais dossiers de plaidoirie et, dans son ventre, le dossier d'une vie. Cette énorme boule sous le noir de sa robe, c'est la planète Terre dans l'obscurité de l'espace. Ses confrères discutent avec gravité, ou feignent de prendre un air concerné. Elle, je la devine ailleurs, elle porte l'uniforme, mais son sourire est celui d'un déserteur. Elle est une femme enceinte, accessoirement avocate, et non une avocate enceinte. Je pourrais lui envier son privilège, celui de connaître l'essentiel, mais aujourd'hui, elle et moi sommes plus proches que jamais : nous attendons une naissance – une deuxième dans mon cas – au prix de vertiges, de sautes d'humeur et d'une grande impatience.

Nous étions heureux quand Constance était enceinte. Moi, comme tous les seconds, je faisais du zèle auprès de la cheffe des opérations, visant une promotion au poste de co-directeur de la grossesse. Je compensais ma culpabilité, celle d'être un spectateur passif, préservé des désagréments physiques. Aux premières nausées, je déclenchais le plan ORSEC du dévouement masculin. Quand s'asseoir sur le canapé devenait pour Constance une mission trop périlleuse, je lui offrais ma main, j'aurais pu lui offrir mon dos et être son marchepied. Les courses à Carrefour devenaient ma chevauchée héroïque en quête de poireaux biologiques – je crois que je n'en avais jamais mangé auparavant – et de chocolat pour les plaisirs coupables.

Avec le TGI pour témoin, porté par le souffle d'un passé heureux, je prends une décision radicale : je rentre à pied. Après avoir été ballotté par les vents et les vagues du prétoire, j'ai besoin d'être ancré dans le sol. Je m'offre un sursis, avant de retrouver mes bananes noircies sur la gazinière et ma casserole de pâtes dans la corbeille à fruits, ou l'inverse, je ne sais plus. Dans mon casque, la playlist est facétieuse : « Father and Son » de Cat Stevens enchaîne avec « Mon fils, ma bataille » de Balavoine. Un écoquartier m'accueille, parmi des immeubles en bois et autres matériaux recyclés. Les balcons d'angle, blancs et arrondis sur le ciel bleu, ressemblent à des cabines de bateaux sur une mer azur.

À chaque entrée, il y a des plaques de médecins, des poubelles de quatre couleurs différentes et, un peu plus loin, des allées de cerisiers, des commerces de proximité et des enfants qui se roulent sur la pelouse. Les parents surveillent paisiblement, se donnent des rendez-vous par SMS – « Au miroir d'eau à 16 h ? » –, Cathy s'occupe de la salade de riz, Mathieu du rosé, et ainsi va la vie. « Théo, partage les biscuits avec ta sœur ! » sera le sommet de leur sévérité du jour. Je croise une jolie femme, l'imagine cadre dans la tour First à la Défense, avec ce qu'il faut d'ingénuité, c'est le genre à faire des cœurs avec les doigts au concert des Enfoirés. Sensible et solvable, il ne lui manque plus que la maison de vacances à Porto-Vecchio, et on est bon. Je rêve ou elle vient de me sourire ? Je me retourne, il doit y avoir un éphèbe derrière moi, sportif et bronzé. Ah non, le sourire me semble bien destiné. Elle jette, dans la poubelle jaune, un carton de Sophie la girafe. Oh, une maman – nous formerions une famille recomposée. La voilà qui badge la porte d'entrée et disparaît dans le vestibule de mes regrets. Je n'ai pas le truc, il faut agir dans la seconde avec tact et élégance, et le temps de trouver la phrase d'accroche, il est déjà trop tard. Adieu la joyeuse troupe autour du brunch le dimanche, les framboises sur le pancake et l'après-midi au Jardin d'Acclimatation. On aurait eu notre enfant à nous, on aurait réfléchi à la meilleure école privée. Puis, serait venu le temps des « On ne se comprend plus » et des « Vois ça avec mon avocat ». Notre enfant serait lui aussi devenu celui des Facetime et des week-ends par-ci, par-là.

J'aimerais croire aux illusions de l'écoquartier, prendre ma part du rêve en copropriété, dans cette poche du Grand Paris où baignent les fœtus des villes de demain. En progressant entre les résidences propres et ordonnées, j'entre dans la « zone », cet état second que me procure la marche en musique. L'extra-lucidité fait défiler les souvenirs devant mes yeux, projetés sur les particules de l'air…

Quand les contractions se sont manifestées, répétitives et épuisantes, j'ai compris pourquoi on appelait cette phase le « travail ». J'ai eu peur de devoir accoucher Constance sur place, j'avais sous les yeux un engin prêt à exploser, au mode d'emploi écrit en japonais.

Heureusement, nous sommes arrivés à temps à la maternité. Par la grâce de la grossesse, les femmes qui s'y présentent sont déjà mamans et viennent valider leurs acquis.

— C'est vous le… m'a demandé une blouse blanche.

— Oui, c'est moi.

L'homme n'y est pas encore père, le mot est, semble-t-il, comme le nom du méchant dans *Harry Potter*, celui que l'on ne doit pas prononcer. Ici, la place du mâle est réduite à la portion congrue. Lors des ultimes examens, un homme sage-femme a bien tenté d'aider mais ses gros doigts boudinés n'ont pas été les bienvenus. Dans la foulée de ses plates excuses auprès de Constance, il a dû appeler, penaud, une collègue en renfort. On ne devient pas pianiste virtuose avec des paluches de charpentier.

Dans la salle d'accouchement, j'ai enfin pu jouer mon rôle, celui du fidèle assistant. Je me revois singer la respiration du chihuahua, du beagle ou du caniche nain. La péridurale ne faisait plus effet, et Constance poussait comme un pilier dans la mêlée, le visage rouge violacé. Placer le linge mouillé en bordure de ses cheveux me donnait l'impression d'éponger une aubergine géante. Sur son front, une constellation de veines dilatées semblait sur le point d'exploser en supernova. J'avais beau avoir lu les brochures sur le bouchon muqueux ou la perte des eaux, je me retrouvais dans la peau du collégien en stage d'observation. La présence du compagnon est souhaitée lors de la poussée finale ; je crois surtout qu'on sollicite le suspect pour qu'il vienne reconnaître son crime. J'osais hardiment des « Ça va aller, tu te débrouilles super bien », tel l'entraîneur du dimanche qui mouille le maillot, mais n'a jamais tapé dans un ballon de sa vie.

Enfin, mon fils est arrivé, violet. Comme dans une poupée russe, la grosse aubergine en cachait une plus petite. Il a crié, j'ai été rassuré et m'est venue en tête la chanson des Who : « *It's a boy, Mrs. Walker, it's a boy* ».

— Comment s'appelle-t-il ? a demandé une sage-femme.

— *Tommy*, ai-je pensé. Gabriel, ai-je répondu enfin, fier et à voix haute.

Ensuite, on m'a tendu une paire de ciseaux pour couper le cordon. J'ai déjà du mal à découper un papier en suivant les pointillés, alors m'attaquer à l'œuvre de Dame Nature me semblait très ambitieux. On m'a indiqué l'endroit, j'ai demandé confirmation à trois reprises et je me suis lancé. Le ruban d'inauguration est tombé. Je resterai humble, je ne suis pas du genre à tirer la couverture à moi, même si, il faut le reconnaître, le geste a été parfaitement exécuté. Ma technique, ciseaux en main, pourrait être montrée dans les écoles de découpage professionnel de cordon.

Enfin, je l'ai pris dans mes bras. 55 cm, 3,2 kg. Mon « nous ». Je devinais, à cet instant, que mes jours ne seraient plus jamais les mêmes.

Il est urgent d'entretenir ses souvenirs pour en prolonger l'espérance de vie. La nostalgie accompagne ma promenade dans l'écoquartier. Je passe devant une vitrine de La Grande Récré et, pour une fois, je ne pleure pas.

6

Devant l'imminence du match, le groupe WhatsApp « Foot à Vincennes » est en ébullition. Adrien chambre mon jeu de tête, tandis qu'un *gif* de passoire rend hommage à sa science du placement dans les buts. Le privilège des free-lances, des intermittents et, il faut l'avouer, des chômeurs qui comptent aller au bout de leurs droits, est de pouvoir jouer en semaine, quand les terrains sont libres. Arrivés au bois, on se paye le luxe de choisir la pelouse la moins bosselée, parmi un panel de champs labourés par des taupes stakhanovistes. L'après-match est prévu au McDo, celui que l'on « se fait », débarrassé de toute culpabilité, en récompense de l'effort fourni.

L'échauffement est optionnel, les plus motivés impressionnent la galerie : talons-fesses, petites claques sur les joues et push-ups, néanmoins plus *down* que *up*. À bien y regarder, nous avons l'air d'une équipe frappée d'un handicap irréversible : le temps qui passe. Avec son maillot CR7 du Portugal, Ruy aurait dû prendre la taille au-dessus ; Olivier vapote sa cigarette électronique et tousse dès sa première accélération ; Christophe semble plus concerné par la faune que par le foot. « Vous entendez ce cri ? C'est un faucon crécerelle », observe-t-il. Pour sauver l'honneur, il reste Hakim et sa légende urbaine : « J'ai été au centre de formation d'Auxerre » – qu'une consommation excessive de kébabs a passablement écornée. J'emporte également mes soucis sur le terrain et cache, au coup d'envoi, mon téléphone dans une poche zippée de mon survêtement. Nous sommes le 15 mars, et je ne pense qu'au verdict. Ces trois dernières semaines, j'ai prétendu vivre normalement, mais cette vie normale s'est distinguée par une recherche permanente de dérivatifs. J'ai accepté le match de football pour combler l'attente. Le 5 contre 5 commence, Romain baptise une course croisée d'un « Ouais, tu m'as vu » et l'achève d'une frappe écrasée et hors-cadre. Le « J'ai ! » d'Adrien, promesse d'une intervention rassurante dans les airs, se conclut par un lamentable loupé. Comme à son habitude, il s'en prend, les bras ballants, à sa défense : « Regardez le jeu, merde ! » Un gardien de but est toujours de mauvaise foi. Balle au pied, nous tentons des une-deux sans la deux, des tirs dans les arbres – « des hêtres », précise Christophe – et des petits ponts qui n'atteignent jamais l'autre rive.

Collé à la ligne de touche et à celle de mon téléphone, je guette plus l'appel de mon avocate que celui de mes partenaires. Au passage, je tiens mon excuse pour éviter le repli défensif. La balle est dans notre camp quand ma poche sonne, et le nom « Avocat Le Gall » apparaît sur l'écran :

— Monsieur Herserant ?

— Bonjour, Maître.

— Vous m'entendez ? Il y a du bruit.

— Oui, je vous entends. Allô ?

— Oui ?

— Je vous entends.

— Moi, très mal, je vous rappelle plus tard ?

— Non ! Attendez, je bouge, je suis en 3G, c'est à cause des arbres je crois.

— Vous êtes élégant, je suis sourde comme un pot. Bon, j'ai reçu le jugement. Je vous le lis ?

— Oui, dis-je, en m'asseyant sur le banc de touche, une souche d'arbre pour être précis.

— Alors, le juge aux aff…

— Allô ? Maître, je ne vous entends plus. Allô ? Ah, ça fait une voix de robot.

En revanche, j'entends bien les cris de mes coéquipiers. Benji juge mal un ballon aérien et laisse un boulevard dans son dos. En sortie de banc, je cours sur le terrain, le portable à la main, mis sur haut-parleur, et m'essouffle à parler en même temps : « Maître, vous me recevez ? » Crochetant le gardien adverse sorti à ma rencontre, je l'évite et redresse le ballon en bout de course. La frappe croisée vient heurter au sol l'intérieur du poteau, avant de longer la ligne de but. Le goal revient à la hâte, s'empare du ballon et jure qu'il n'a pas franchi la ligne, en faisant ostensiblement non de l'index. Entre-temps, mon avocate me rappelle et je décroche en parlant très fort, comme si hurler allait me faire passer en 4G :

— Allô !

— Oui, on a été coupés. Alors, qu'est-ce que vous en dites ?

— Qu'est-ce que j'en dis de quoi ?

— Eh bien, de la décision.

— Mais dire quoi, je n'ai rien entendu.

— Ah je recommence. Le juge aux aff…

— Allô ? Ah non, ce n'est pas possible ! Maître, vous avez une voix de robot, je ne comprends rien, allô ?

Dans la surface de réparation, après l'action litigieuse, les joueurs s'embrouillent. Mes partenaires jurent qu'il y a but, le goal adverse n'en démord pas. Le ton monte, l'amitié s'efface devant l'enjeu du match. Je m'éloigne du brouhaha.

— Monsieur Herserant, vous m'entendez ?

— Oui, là, c'est bon.
— Ne bougez plus. Vous avez la garde.

Je reste sans voix, figé. Mes coéquipiers courent vers moi et me célèbrent. Ruy frotte ses bourrelets contre mon ventre, Hakim shampouine mon crâne de ses phalanges et les odeurs de transpiration se mélangent comme les cris de joie : « Le buteur, Doriangoal, si, si ! » Olivier, pris de nausées, s'était arrêté de jouer derrière les buts et avait tout vu. « Elle est rentrée entièrement. » Le football est un sport où des spermatozoïdes courent après un ovule et exultent quand l'un des leurs le féconde.

— Vous êtes où ? Ça crie de partout, me demande Le Gall.

— Je viens de marquer un but.

— Bon, je vous rappelle plus tard, si vous voulez.

— Non, attendez. Les gars, deux secondes.

Mes coéquipiers repartent se placer, je demande des précisions.

— Elle a quoi, la mère ?

— En gros, les fins de semaines impaires, la moitié des vacances, l'intégralité des prochaines vacances de printemps.

— Ah ouais, les deux semaines ?

— Oui, c'est plutôt intelligent, c'est pour favoriser une transition douce d'un parent à l'autre.

Dès l'année prochaine, ces deux semaines seront partagées.

— Oui, je vois. Maître, c'est une nouvelle magnifique, je… Merci déjà, merci, sans vous, ça n'aurait pas été possible.

— Sans votre travail non plus. Et vous savez, je me faisais la réflexion, je pense que si votre enfant s'était appelé Gabrielle, avec deux *l* et un *e*, hein, vous n'auriez peut-être pas gagné.

— Comment ça ?

— Eh bien, de mon expérience, je vois qu'un père seul avec une fille ne renvoie pas la même image à la Justice. C'est mal fait, mais à mon avis, la juge aurait été plus hésitante à vous confier la garde dans ce cas de figure.

— C'est dingue. Les mentalités doivent évoluer.

— Oui, bon, on ne va pas se plaindre. Allez, je file en rendez-vous, je vous envoie le jugement par mail, je vous demande de ne pas le diffuser. Il s'agit d'une décision non signée par le magistrat, je vous transmettrai la version définitive dès que je l'aurai en main.

— D'accord, il me tarde de lire tout ça. Ah, une dernière chose.

— Oui ?

— Le jugement est tout de suite applicable ?

— Oui, bien sûr.

— Donc théoriquement, je récupère Gabriel… demain ?

— Organisez-vous avec la mère, mais oui.

La rencontre se termine sur un score improbable, 9 à 6, déjouant nos pronostics sur WhatsApp. Sur le chemin du parking, certains refont le match. Christophe se moque de Benji sursautant à la vue d'une araignée. « Pff, c'est une épeire diadème, une espèce inoffensive. » Au McDo de la porte Dorée, j'offre ma tournée de nuggets. Entre la borne de commande tactile et le comptoir, je consulte le mail de Le Gall. Elle me précise qu'il s'agit « d'un jugement très motivé, 16 pages, c'est rare en matière familiale, d'habitude les décisions font 6 pages et basta ». « Cheveux courts, idées longues » est la maxime que je prête désormais à la juge Ionescu. Page 8, elle fustige le comportement de la mère, dont le départ est « une décision égoïste qui fait voler une famille en éclats ». Plus loin, elle condamne « la prévalence d'intérêts personnels sur l'intérêt de l'enfant », et souligne que le père est, a priori, « le parent le plus à même de respecter les droits parentaux de l'autre parent ». Si elle constate l'étendue des dégâts, son but reste de préserver au mieux, compte tenu de la distance, le lien entre Gabriel et sa mère. C'est pourquoi celle-ci bénéficie d'un droit de visite et d'hébergement élargi, à raison de deux week-ends par mois et de l'intégralité de certaines périodes de vacances, « à défaut de meilleur accord entre les parents ». En reconnaissant que le domicile de l'enfant a toujours été en France et qu'il a été déplacé illicitement par la mère, Ionescu a tout simplement dit le droit. Si je m'étais fié aux pronostics et aux rumeurs, j'aurais dû tomber sur une juge pro-mère, avide de se payer un père et d'expédier l'affaire. Les juges « n'ont pas le temps », sont « partiaux », « incompétents », et « manquent de moyens », voilà ce que j'ai sans cesse entendu. À rebours des préjugés, Ionescu a fourni un remarquable travail de juriste.

Elle ouvre d'ailleurs la porte à la mère, concluant qu'en cas de déménagement de cette dernière près du domicile de l'enfant, le jugement pourra être revu. Je suis si soulagé : dans l'hypothèse d'une décision inverse, rien n'indique que mon droit de visite aurait été respecté. Il aurait fallu le faire constater, ce qui aurait pris des mois, voire des années, avec les reports et les appels. Pour un résultat incertain... Soit Gabi vivait avec moi, et l'assurance de n'être jamais privé de sa mère, soit il vivait avec la garantie de ne plus avoir de père. Pourtant, je n'arrive pas à être pleinement heureux, car la décision ne fait qu'officialiser un immense gâchis. Les choses auraient pu, auraient dû se passer autrement, et personne ne me rendra le temps perdu et le bonheur volé.

« Commande 22 ! » hurle un « équipier » du McDo. Les plateaux débordent, je ne vais pas pouvoir tout porter. Il y a des burgers, des sodas, des glaces et des cookies. Enfin installé à table, je profite de la science de Christophe pour lui poser une question :

— Dis-moi, t'as l'air de t'y connaître en araignées…

— Je suis arachnophile.

— Il en faut. Je voulais savoir, est-ce que les mâles se font toujours manger par les femelles après l'accouplement ?

— Non, souvent, ils ont le temps de se barrer. Tu as même une espèce qui se propulse depuis la toile, comme une catapulte, loin de la femelle. Pourquoi ?

— Oh non, pour rien, dis-je en souriant.

Il m'est arrivé, parfois, de repenser à l'araignée de la salle d'audience, promise à son funeste destin. Peut-être qu'aujourd'hui, elle est un papa poule-araignée comblé.

7

« On verra bien. » J'ai beau faire de ces trois mots un mantra, je ne peux pas m'empêcher d'imaginer nos retrouvailles. En fait, je répète la scène depuis neuf mois. Combien de fois ai-je enlacé mon traversin, calfeutré sous ma couette comme sous une douce pensée ? Pourtant, j'ai le trac. Le retour de Gabriel est programmé, mais je ne peux pas le paramétrer. Si je suis devenu expert, c'est en séparation, pas en retrouvailles. Gabriel revient dans quelques heures, et je n'ai pas eu le loisir de retrouvailles progressives, d'un bourgeonnement avant la floraison. J'aurais beau écrire ses répliques à l'avance, sa spontanéité d'enfant ruinera superbement tout effort de scénarisation. Je n'arrive même pas à me figurer combien il a dû grandir et changer, pas plus que je ne peux anticiper le comportement de la mère à l'instant fatidique. Une question demeure cependant : s'il pleure, non pas de joie de me retrouver, mais de chagrin de quitter sa mère, qu'est-ce que je fais ? La dernière fois qu'il a été séparé d'elle, c'était lors de sa venue au monde, et l'affaire s'est terminée dans un cri de détresse existentielle. Il n'aurait pas à chercher bien loin l'inspiration de sa tristesse, il pourrait même ajouter à celle-ci les larmes qui manquaient à ses yeux de nouveau-né.

S'il hurle et s'accroche à sa jambe, s'il ne veut pas de moi et me rejette, la promesse de revoir sa mère dans « sept dodos » ne suffira pas à l'apaiser. Il s'est fait avoir une fois, il devait aussi me retrouver dans une semaine et la semaine s'est transformée en mois. Gabi, des bras de maman aux bras de papa, tu ne passeras pas de la chaleur au grand froid, je t'y promets le même été, même si ma peau n'est pas aussi douce et que mes bisous piquent un peu. Nous serons désormais, si tu le veux bien, d'éternels juillettistes et aoûtiens. Je comprendrai tes pleurs et te consolerai, j'accueillerai ta réserve sans m'imposer. Tu sais, j'ai peur, Gabriel, d'être sorti de ta mémoire – ou si j'y suis resté, de ne pas plus m'y distinguer qu'un voisin, un oncle ou un cousin. À ton âge, on aime dire que le cerveau est une éponge, et une éponge, il faut l'essorer. Je me présenterai avec une peluche, un attrape-nigauds je l'avoue, l'opium du peuple des enfants. Pardonne ce stratagème ; simplement, si je me sens de trop, j'aurai besoin de Gizmo. Je te porterai aussi, mais je ne te ferai peut-être pas tournoyer comme d'habitude, j'ai toujours ces fichus élancements dans le dos. Enfin nous reprendrons notre vie, si tu le veux bien, là où on nous l'a arrêtée, au beau milieu d'un sourire. Je serai alors ce que le monde attend d'un père. Je serai surtout ton papa, diluant la grandeur de ma fonction dans les minuscules attentions. À nous les délires, les grimaces, les chatouilles, les jeux auxquels tu gagneras toujours et les mots inventés. Je serai là pour nouer ta ceinture de judo et serrer la vis quand il le faut. Nous mènerons une vie de géants à pas de fourmis ; chaque jour se suffira à lui-même et cèdera sa place à un jour encore meilleur. Allez, on verra bien.

H moins 40 minutes. La chambre est prête, les jouets sont sur le qui-vive, le tapis rouge Flash McQueen est déroulé pour le retour du roi. Je descends au pied de l'immeuble reconnaître les lieux du rendez-vous. Quand la mère exercera son droit de visite, c'est ici que se feront les présentations de notre enfant. Il doit être en chemin depuis la gare de Lyon, lui et moi respirons enfin le même air. Mon souffle s'accélère, par saccades, j'expire par la bouche pour tenter de le réguler, tandis qu'une pesanteur impossible à localiser gagne du terrain.

Ce que j'identifie comme un lumbago fulgurant lance son opération commando, puis mon ventre devient le théâtre du conflit. Côté droit, je reçois un coup de poignard, le couteau se met à tourner sur lui-même et fore un tunnel dans lequel il s'enfonce toujours plus profondément. Il doit s'agir d'un couteau connecté, qu'un sadique actionne à distance via une application diabolique. L'embuscade fait tache d'huile et prend d'assaut mon entrejambe. Je deviens la cible, dans les parties intimes, d'un marteau-piqueur acariâtre. De ma vie, je n'ai jamais ressenti une douleur aussi violente à cet endroit si sensible de l'anatomie masculine. Pourtant, elle est aujourd'hui sur la troisième marche du podium – les coups de boutoir dans mon ventre et mon dos empochent les médailles d'or et d'argent de l'épreuve de torture combinée.

La souffrance me force à m'asseoir, mais une fois assis, je ne suis pas soulagé ; alors elle me force à m'agenouiller, et une fois agenouillé, me force à vomir.

— Monsieur, ça va ? me demande une passante.

— Argh, ai-je dû lui répondre, dans un français impeccable.

Dans mes entrailles, les contractions me foudroient. Le travail a commencé, je vais mettre bas une enclume. Avec ce qu'il me reste de lucidité, je redresse péniblement la tête, guettant sa venue imminente. Au coin de la rue, je le vois enfin. Il s'avance vers moi en silence, vêtu de rouge. Il est beau comme un camion. C'est d'ailleurs un camion.

Les pompiers y enfournent mon brancard, mis au parfum par un appel de la passante. Mon téléphone sonne, je n'ai pas la force de répondre, je devine qu'il s'agit de la mère me prévenant de son arrivée et cherchant à savoir où je suis. J'essaie d'apercevoir Gabi, mais les vitres teintées du véhicule de secours m'en empêchent. Le savoir si près et si loin, de l'autre côté de ces portes à double battant, me déchire le cœur. En route, les pompiers n'ont rien pour me soulager et ne sont même pas habilités à donner du paracétamol. Pourtant, les feux de l'Enfer me brûlent de l'intérieur et c'est leur job d'éteindre les incendies. Une voix soumet une hypothèse :

— C'est l'appendicite.

— Ils vont l'enlever, c'est sûr, ajoute une autre.

— Monsieur, à combien vous notez votre douleur ? De 1 à 10 ?

— 12.

Gabi, peut-être as-tu vu le camion s'éloigner ? Tu aurais adoré ces héros en uniforme, la sirène hurlante, le véhicule se faufilant à toute vitesse entre les voitures, quitte à manger le trottoir. Avec difficulté, j'écris un SMS à la mère : « Pompiers, hosto, bisous Gabi ». Aux urgences d'Antoine-Béclère, je passe devant tout le monde, comme un veau qui grille la queue pour arriver le premier à l'abattoir.

L'entourloupe des urgences consiste à donner au patient prioritaire l'espoir d'une prise en charge rapide, l'extirpant de la première salle – celle du tout-venant – pour mieux le faire attendre dans un couloir de l'autre côté, abandonné à son sort. Les brancards y sont postés en rang d'oignons contre le mur ; on me prend la tension et la température. Un vieux insulte le personnel, qu'il finit par rameuter. Sa méthode est efficace ; j'opte plutôt pour la souffrance digne et silencieuse, par crainte de faire l'objet de commentaires à la pause-sandwich. « L'Acupan ? C'est pour le relou. » Fichue éducation de la classe moyenne : même à l'agonie, j'en viendrais à présenter mes excuses. Une aide-soignante intercepte mon pudique S.O.S. « On ne peut rien vous donner, le médecin ne vous a pas vu. » Quoi, il est tout seul ? Donnez des moyens à l'hôpital public, bon sang ! Mon indignation du jour n'ira pas plus loin, les considérations politiques et sociales sont accessoires quand on en bave physiquement. En fait, tout est ajourné sous l'effet de la douleur, seul Gabriel pourrait m'apaiser et encore, je ne voudrais pas lui offrir ce spectacle. Le doc arrive enfin, j'ai dû l'attendre quatre minutes en tout et pour tout, les quatre plus longues minutes de ma vie. Il me regarde me tortiller et pose tout de suite le diagnostic : « Colique néphrétique. »

— Pas d'allergie à la morphine et à ses dérivés ? me demande-t-il.

— Ché pas.

Je fais l'économie des mots, chaque syllabe me demande un effort surhumain.

En mon for intérieur, je l'implore de me soulager, quitte, s'il le faut, à ce qu'il prenne mon rein et le revende sur le dark Web. Je n'aurais pas fait un résistant terrible en 1942. Je finis par perdre toute dignité en poussant un cri, entre le brame du cerf et un klaxon défectueux. Enfin, on me trouve un box et ma dealeuse arrive. Son aiguille pique une veine saillante de mon bras droit et une poche d'un liquide pareil à de l'eau se vide, goutte à goutte, dans mon sang. Une vague de chaleur monte dans l'instant et envahit tout mon corps. Mon cerveau se détend et la douleur baisse progressivement. J'ai la sensation de flotter dans les vapeurs d'un hammam, et je me sens enfin en sécurité. Pas de doute, la morphine m'offre une revanche, celle de retrouver le ventre de ma mère. La dose d'amour fige un sourire hébété sur mon visage. Est-ce un hasard si les grand poètes, incomparables pour parler d'amour, écrivaient sous opiacés ? Ainsi, je peux l'authentifier : le coup de foudre existe, il est à portée de carte Vitale. Ô cher néon au-dessus de ma tête, *Namasté* ! Tu donnes ta lumière sans rien attendre en retour. Salutation à vous, très chers rideaux, qui séparez mon box de celui du voisin, peut-être allez-vous dévoiler une scène où une fleur m'ouvrira ses pétales ? La douleur diminue encore d'un cran dans mon ventre, le soulagement est comparable à celui de quatre pintes vidangées, après avoir attendu dix minutes que le type d'avant ne libère les toilettes du pub.

— À combien votre douleur sur 10 ? me demande une infirmière, qui n'a même plus le temps pour un verbe.

— Trois, quatre.

— C'est encore trop, on va aller à zéro, dit-elle en réglant la perfusion.

Puis, le médecin revient me voir et m'éclaire de ses connaissances scientifiques :

— La colique néphrétique, si vous voulez, c'est de la plomberie. (Il forme un cercle avec l'index et le pouce, comme le puits du Chifoumi, qu'il pénètre du majeur de son autre main.) Un élément bloque l'écoulement normal des eaux, qui s'accumulent derrière lui et font pression sur le tuyau. (Il tape du revers de la main droite dans la paume de sa main gauche, imitant le bruitage d'un coït nerveux.) Ce tuyau s'appelle l'uretère ; vous en avez deux, un à droite, un à gauche, ce sont des tubes, si vous voulez. (Il trace une espèce de pénis imaginaire en sifflotant.) Ils relient vos reins à la vessie, font quelques millimètres de diamètre et, parfois, des cailloux viennent s'y loger. (Je crois qu'il mime la position du missionnaire et a vraiment besoin de décompresser.) La plupart du temps, ils partent dans les urines mais quand ils se coincent, la douleur, si vous voulez, est comparable à celle d'un accouchement.

— Mais sans péridurale.

— Sans péridurale. On va vous envoyer au scanner pour voir où se situe le caillou.

Plus tard, la décision est prise de me transférer au pôle de Santé du Plateau, la clinique de Meudon-la-Forêt. « Ils ont une super équipe d'urologues », me dit le médecin urgentiste. Il m'adresse un doigt d'honneur furtif en se grattant le front.

Une clinique privée dans les Hauts-de-Seine ? Ce n'est pas encore l'Hôpital Américain de Neuilly, mais je me sens un peu VIP. À y regarder de près, entre mes affaires judiciaires et ma santé chancelante, j'ai le pedigree d'une star à la vie dissolue. Allez : ciao le CHU Béclère, j'ai été surclassé. Si ça se trouve, un chirurgien bronzé va piloter mon opération, en duplex depuis Saint-Barth et, petit geste commercial, me greffer des pecs en silicone. Après un trajet en ambulance sans sirène – tant pis pour l'arrivée de star –, je découvre ma chambre. Pas de room service ou de mini-bar, à première vue, je ne remarque aucune différence entre l'hôpital public et la clinique privée, si ce n'est que les couloirs sont vides. À en croire l'en-tête des papiers de l'établissement, la « super équipe d'urologues », le département international de *research over the pipi and prostates gonflées*, se compose de deux urologues. Depuis la fenêtre, je peux presque apercevoir le cabinet de Le Gall.

On toque à la porte de ma chambre. Une infirmière entre, accompagnée d'un urologue, membre du duo star. Le Simon ou le Garfunkel, au choix, analyse mes radios. Il n'a pas vraiment le physique de l'emploi, si d'aventure il existe un physique d'urologue :

— Vous avez dégusté, non ?

— Disons que la Justice serait dissuasive si elle condamnait à des peines de colique néphrétique.

— Vous travaillez dans le Droit ?

— On peut dire ça.

— Votre caillou fait trois, quatre millimètres à peu près. Regardez, il est proche de la sortie. Vous le voyez, là ? C'est un garçon, plaisante le spécialiste. Donc on va vous poser une sonde JJ, pour faciliter son évacuation et éviter de nouvelles crises.

— Une sonde ?

— JJ.

— C'est quoi ?

— Ça ressemble à un spaghetti, recourbé à chaque extrémité. La sonde va élargir le passage, vous la sentirez un peu au début, mais le corps s'habitue bien.

— Oui, c'est un peu comme si vous provoquiez l'accouchement, quoi.

— C'est ça. D'ici quinze jours, vous faites une échographie en ville et si le caillou est toujours là, on opère. Et on retire le spaghetti.

— Et le spaghetti, pour l'introduire c'est…

— Banal, la routine. Ça se fait par les voies naturelles.

— Sous anesthésie locale ?

— Générale, quand même.

— Quand vous dites « les voies naturelles »…

— On passe par l'urètre, puis on l'installe dans l'uretère.

— Et une fois la sonde installée, je n'ai rien à faire de particulier, manger des trucs qui aident ou…

— Vous avez des escaliers chez vous ?

— Oui, dans les parties communes.

— Montez-les, descendez-les, en courant, ça peut faire bouger le caillou. Buvez aussi, deux litres par jour.

Cet urologue a raison, introduire un spaghetti dans un urètre, *al dente* j'imagine, est tout à fait banal. Qui ne l'a jamais fait ? A priori, la nature a de bonnes raisons d'indiquer la sortie, et seulement la sortie, à cet endroit du corps humain. Une fois, métro Goncourt, j'ai emprunté un couloir en sens interdit, et mon audace m'a mené à un type accroupi, pantalon baissé à mi-cuisse, en train de se soulager. Tout bien considéré, je n'ai pas vraiment le choix, alors bienvenue JJ l'amoroso. JJ, *casa mia è casa tua*. Au bloc, la pose de la sonde est rapide et indolore. Me voilà porteur d'un caillou et d'un spaghetti.

De retour à la vie normale, je développe un intérêt immodéré pour les escaliers. Droits, tournants, en colimaçon, grinçants ou recouverts de moquette... Je n'ai pas de genre préféré, j'y multiplie les va-et-vient, maîtrise la cadence et agrippe parfois la rampe pour atteindre plus vite l'ivresse du sommet. Chaque marche gravie est une goutte de ma posologie. Pour optimiser le traitement, je ponctue mes ascensions d'un saut à pieds joints, lourd et sonore. Cette déviance naissante, faite de montées et de descentes, imite mon moral sinusoïdal. De retour chez moi, je cherche, tel un orpailleur, le précieux caillou dans la petite mare, au fond de la céramique.

Avec la mère de mon fils, nous avons réglé les derniers détails des retrouvailles. Gabriel et elle ont dormi chez une amie à Paris, le temps de mon hospitalisation. Le rendez-vous est fixé à la gare de Lyon, devant le quai d'où elle repartira vers Lausanne.

Dans le hall d'entrée de la gare, je scrute le tableau des trains au départ, puis vais me positionner près du quai numéro 17. J'adopte à nouveaux les gestes de l'impatience : je me mets sur la pointe des pieds, me balance de gauche à droite en étirant mon cou, pour voir au-delà des premiers voyageurs qui arrivent. La mère de Gabriel se repère de loin, comme une Néerlandaise parmi des Coréens. Tiens, elle a coupé ses cheveux. Je regarde spontanément vers le bas, à travers la nuée de jambes en mouvement. Un petit bout d'homme apparaît, la silhouette entrecoupée de valises à roulettes, de jeans et de leggings. Il semble me chercher, le regard perdu dans le tumulte, réfugié derrière une longue paire de jambes familières.

Quand il m'aperçoit enfin, il m'offre un sourire espiègle, prêt à s'élancer. L'opération revient à traverser une autoroute, où filent à toute allure des poids lourds peu regardants. Le petit King Kong reste prudemment accroché à son Empire State Building. Je vais alors à sa rencontre, m'agenouille pour me mettre à sa hauteur et lui ouvrir les bras. J'ai la gorge nouée, mais je me suis juré – c'est idiot peut-être – de ne pas pleurer devant lui. Nos bras vont se rejoindre, l'histoire est en marche, et c'est à cet instant précis qu'un type, sorti de nulle part, s'incruste : « C'est par où, le RER C ? » Agenouillé, je suis l'une des rares personnes immobiles et vulnérables dans les environs, à la merci d'un voyageur cherchant son chemin. Mon « Ché pas » aurait dû clore la discussion, mais l'indélicat dégaine un plan RATP : « Non, parce que si je prends la 14 et change à Bibliothèque, c'est bon pour Musée d'Orsay ? » Enhardi, Gabriel court vers moi, manquant de se faire renverser par un chauffard de hall de gare. Je ne veux pas perdre une miette de sa foulée, mais pour quelques secondes de civisme, je me redresse et regarde ce fichu plan. « Vous… » Je me rebaisse aussitôt, avant l'amorce d'une indication, pour loger Gabi dans mes bras. Sa joue fraîche et moelleuse irrigue le champ de ma joue, puis la petite tête se love dans l'ouverture de mon gilet. Ses cheveux sentent encore le bébé. « Papa ! » chante la plus jolie voix du monde. Sous les regards de la mère et du voyageur perdu, respectivement accusateur et inquisiteur, une dernière interférence brouille les bonnes ondes ambiantes. « La ligne 1, ça va aussi ? » Le désobligeant s'éloigne et fustigera sûrement la froideur des Parisiens au cours d'un prochain repas de famille. Gabriel passe de mes bras à ceux de sa mère, d'un geste appelé à devenir routinier. Il embrasse sa maman et ne pleure pas. Enfin, il revient au creux de moi.

8

Les deux premiers jours, Gabriel m'appelle maman, la force de l'habitude, avant de se corriger. Je ne me formalise pas d'un réflexe naturel. Ces neuf derniers mois, il a dû prononcer le mot 3 000 fois TTC – *Toutes Tétines Comprises*. Je le materne, il me maternise, voilà notre échange de bons procédés. C'est aussi sa façon d'adouber ma fonction, celle d'une mère à pomme d'Adam. Il dira maman le temps de se déshabituer de l'exclusivité passée, et papa, sans avoir besoin de se reprendre, une fois remis de son jetlag. Pour l'amadouer un peu, je mise sur l'accessoire symbolique du métissage parental, entre le sein maternel et le ballon de football paternel : la balle en plastique. Dans sa chambre, je tire des gentils penaltys qu'il tente d'arrêter. Puis, sous ses encouragements, je frappe bruyamment contre le mur et les impacts provoquent ses cris d'extase. Un après-midi, les vivats de mon premier supporter se sont transformés en pleurs, quand la balle a accidentellement rebondi sur son front. Il y a eu plus de peur que de mal, mais l'impression d'avoir trahi sa confiance m'a anéanti. Je l'ai alors enveloppé, comme un coq aurait couvé un œuf en l'absence de sa poule, puis l'ai bercé à la manière de son cheval à bascule. Une fois les larmes séchées, Gabriel m'a souri et ordonné de recommencer mes tirs.

L'enfant offre le vrai pardon, corollaire de l'innocence, voire de l'amnésie. Jamais Gabi ne pourrait penser que son papa lui veut du mal – à raison. Ce Penaltygate restera dans ma mémoire. D'ailleurs, à la fabrique des souvenirs, notre binôme produit un nouveau stock. Sans l'éloignement, les moments que l'on aurait vécus n'auraient vraisemblablement pas eu la saveur de ces moments retrouvés. Ils auraient été exceptionnels dans la normalité, celle d'un père en alternance, ils sont désormais normaux dans l'exceptionnel, celui d'un père à temps plein. Je m'ébahis du premier sourire du matin, en frissonne encore l'après-midi et le soir, je lui lis *Peter Pan* comme une incantation :

— Maman, euh, papa, c'est quoi le pays imaginaire ?

— C'est un endroit où l'on fuit le réel et les responsabilités. (C'est la Suisse, ai-je pensé très fort.) Tu comprends ce mot, « responsabilités » ?

— Non.

— Tu vois, ton hérisson en peluche, Coubou, tu es un peu son papa, tu le câlines, tu fais son lit, il est sous ta responsabilité.

— D'accord.

— Allez, dodo maintenant.

— Papa ?

— Oui, mon chou.

— Ça existe, le pays imaginaire ?

— Oui. Cette nuit, tu vas rêver et y faire un beau voyage.

Une fois Gabi endormi, je réajuste sa couette pour en faire un parfait cocon, fais des retouches superflues, puis, de la paume, pétris gentiment le duvet comme un chat tâterait le terrain de ses coussinets. En journée, je cuisine pour deux et tiens mon prétexte pour enfin manger des légumes. Je décline toute invitation sans regret – je refuse de le faire garder – car je ne veux plus rien louper. Mon enfant règne sur mon planning et relègue mon activité professionnelle au moment de sa sieste, le soir et la nuit. En clair, je trahis l'héritage ancestral du chasseur-cueilleur, sans me sentir un poil dévirilisé. À la Préhistoire, réquisitionné pour chasser le mammouth, je me serais fait porter pâle afin de rester à la grotte, former mon petit à l'art rupestre et soigner la déco. J'aurais fini par inaugurer la première agence de *cave staging*.

Je pars tout de même chasser de temps en temps les meilleurs produits du Carrefour, à défaut de gibier, et accompagne Gabi au square, où j'ai désormais mon rond de serviette. Le square est un club sélect, où les nounous et les mères au foyer trustent les meilleurs bancs ; les quidams se contentent de ceux qui sont jonchés de fientes, à la merci des pies incontinentes. L'œil cerné après une mauvaise nuit, une coiffure négligée ou un jean taché de purée sont les signes distinctifs des initiées. Les mamans vident leur sac, à la manière du *Speaker's Corner* : « Ce midi, Lucas a vomi sa soupe Minestrone », s'épanche Julie auprès de la communauté, une espèce de réunion d'Alcooliques Anonymes saoulés par leurs gamins.

Pour ma part, je n'ai nul besoin de désintox, la parentalité me rend accro, sans effet indésirable. Certaines me parlent de vocation, j'ai simplement dégoté mon job alimentaire, à proprement parler, puisque être père nourrit mon cœur affamé. Je vénère ma tâche d'assistant-pipi derrière le buisson, conseille avec enthousiasme l'apprenti-alpiniste sur le parcours d'escalade et soigne les bobos, équipé de ma trousse à pharmacie. La charge mentale devient ma récompense, voire une bénédiction. Son contraire doit être, j'imagine, la décharge mentale ; en tout cas la formule me paraîtrait assez juste : être privé de son enfant envoie une décharge qui grille le cerveau et explose le cœur.

Près de l'aire de jeux, il m'arrive de chercher des yeux, en quête de solidarité masculine, le père obnubilé par son portable que je croisais souvent. Il m'a, semble-t-il, laissé sa place sur le banc, peut-être épuisé d'avoir été *squarifié* trop tôt.

En revanche, la mère pressée d'aller à ses réunions « importantes » est l'une des sociétaires du square. Agnès fournit des efforts pour avoir l'air posé, tel un volcan endormi au potentiel éruptif certain. Nous sympathisons, elle est également « parent isolé », et sa boîte travaille régulièrement avec des graphistes. Parler de nos gamins est le meilleur entretien d'embauche possible.

— Enzo fête son anniversaire bientôt, vous viendriez avec Gabriel ? me demande-t-elle.

— Volontiers.

— On fera ça à Royal Kids, vous connaissez ?

— Non.

— Moi non plus, en fait, on m'a conseillée.

Mon statut de papa solo l'intrigue. Agnès me regarde comme une bête curieuse et me parle avec commisération. Pour un peu, je la soupçonnerais de me trouver du charme, le charme de celui que l'on a envie d'aider, tant il doit être dépassé par la tâche, le charme de l'homme qui épouse les vicissitudes de la vie de mère. Il faut dire que l'on vante les mérites de la famille nombreuse, de la recomposée, de l'homoparentale, plus rarement de la traditionnelle, mais nul ne fait la promotion de la monoparentale, vue comme une punition ou au mieux, un choix par défaut.

Je pourrais faire, dans le sens du vent, l'hagiographie du couple avec enfant, souligner à juste titre la nécessaire présence de l'autre pour accomplir la mission de l'éducation. Cependant, à deux, la frustration de ne pas être épaulé et de ne pas se sentir considéré survient presque immanquablement. Seul, on ne gaspille pas son énergie à maudire le désinvestissement de sa « moitié ». Bien sûr, souvent, on ne peut compter que sur soi-même et l'on fait vœu de pauvreté. Malgré tout, je préfère la solitude de la famille monoparentale à la solitude du couple et remplace volontiers le mot « isolement » par le mot « privilège ».

Les rires et les larmes de Gabriel sont pour moi et rien que pour moi. Tous les amoureux, en dehors des aventureux, réclament l'exclusivité ; la famille monoparentale l'offre sans ambiguïté et sans le risque d'une compétition intra parentale. Moi et moi-même sommes sur la même longueur d'onde, je ne subis aucune remontrance quand j'oublie de nettoyer la bouche enfantine pleine de chocolat, ou chausse les petites baskets aux mauvais pieds. Ainsi passent les jours, je sens Gabriel heureux et lui rappelle sa chance d'avoir deux maisons remplies d'amour. J'en veux à sa mère : pourquoi ne revient-elle pas vivre près de lui, pourquoi maintient-elle cet absurde éloignement géographique ? Je me suis battu pour donner à mon fils le droit d'avoir un père, pas pour le priver de sa mère. De ce combat, je mesure la portée à chaque seconde et en récolte les fruits merveilleux. Ainsi les jeux auxquels nous jouons relèvent du génie de la vie. Il y a celui où je cache, dans une poche arrière de mon pantalon, un papier chiffonné auquel je prétends conférer une grande valeur. Je le laisse dépasser grossièrement et fais semblant de monter la garde. Alors une petite main audacieuse s'en empare, je me rends compte du larcin et poursuis le chapardeur aux cris de « Police, police ! » Je finis par l'appréhender en le plaquant sur un coussin dodu et le désarme de mes guilis. Gabi connaît par cœur le déroulé du jeu et son dénouement, mais un enfant de trois ans n'est jamais rassasié ; alors, après chaque intervention des forces de l'ordre, il crie : « Encore ! » Nous recommençons à dix ou quinze reprises et la même jubilation illumine son regard. Soudain, une autre poche s'anime, celle où vibre mon portable. Je demande une seconde à Gabi et m'isole dans ma chambre :

— Bonjour, Maître.

— Monsieur Herserant, vous allez bien ?

— Oui, super, et vous ?

— Moyen. Je viens de recevoir de l'avocate de madame Felber – une nouvelle avocate d'ailleurs – une assignation à jour fixe.

Silence.

— Monsieur Herserant, vous êtes là ?

— Oui, une assignation ?

— À jour fixe.

— À jour fixe, ça veut dire quoi ?

— Eh bien, ça veut dire que Madame fait appel de la décision de Nanterre et qu'elle a obtenu une audience en urgence.

— En urgence ? Pourquoi en urgence ? Je ne comprends pas.

— Le mieux est que je vous lise l'ordonnance de la cour d'appel de Versailles. « Vu les pièces produites au motif que les droits de l'enfant, âgé de seulement 3 ans et privé de sa mère depuis la décision qui a transféré sa résidence au domicile du père, sont en péril, que la mère entretient avec son fils une relation fusionnelle, s'en étant toujours occupée depuis la naissance, que les conditions de vie de l'enfant à son domicile sont adéquates, que l'enfant n'a aucune attache familiale en France… » Bon, je vous passe la suite : « Par ces motifs autorisons la partie requérante à assigner la partie intimée à l'audience du vendredi 22 juin, à 14 heures. »

— C'est dans deux mois.

— Oui, c'est ça, l'urgence. Un délai normal d'appel, c'est huit, dix mois, voire un an.

— Mais à écouter ce que vous me venez de me lire, on dirait que la cour a déjà un parti pris.

— Ne vous fiez pas au texte de l'ordonnance, la cour justifie sa saisine, c'est tout. Il faudra convaincre les juges à l'audience, leur montrer que tout va bien, que l'enfant est heureux avec vous.

— Les juges ?

— Oui. En appel, elles seront trois. Il n'y en aura qu'une à l'audience, mais elles seront trois à signer la décision. Bon, après je préfère vous prévenir, c'est Versailles, hein.

— Quoi, comment ça, c'est Versailles ?

— À Versailles, les juges sont, comment dire, un peu prout-prout, vieilles, poussiéreuses… Je ne dis pas qu'elles sont pro-mamans ou anti-pères, mais un marmot reste dans les jupes de sa mère, quoi.

— Attendez, vous me dites que c'est perdu d'avance ?

— Il faudra être convaincant, mais votre dossier parle pour vous. Enfin, sauf si vous tombez sur cette plaie de Berthier…

— Berthier, c'est qui ça, Berthier ?

— Une juge. On s'est un peu accrochées par le passé.

— Comment ça ?

— Je lui ai dit qu'elle jugeait au doigt mouillé, dans un langage plus fleuri. Et si c'est Grouselle…

— Grouselle, elle n'est pas bien Grouselle ? Dites-moi qu'elle est bien.

— Bah…

— Il y a une juge avec qui vous ne vous êtes pas pris la tête ?

— Papa ? intervient Gabriel, après avoir poussé la porte de ma chambre.

— Chou, papa est au téléphone, j'arrive dans une minute.

— Je t'aime à la totalité, papa, dit Gabi en repartant vers sa chambre.

— Moi aussi, je t'aime.

— C'est Gabriel ? questionne Le Gall, au bout du fil.

— Je ne dis « je t'aime » à personne d'autre, vous savez.

— N'hésitez pas à me le dire de temps en temps, ça ne mange pas de pain. Bon, allez, je vous laisse, ne stressez pas, c'est emmerdant, mais faites en sorte que tout se passe bien avec la mère d'ici là.

— Maître, on ne va pas se mentir, ça remet tout en cause. Le jugement de Nanterre n'a même pas eu le temps de s'imposer dans la durée, on repart à zéro.

— Oui, ou alors les juges d'appel vont se rendre compte qu'il s'agit d'une décision très motivée en première instance et elles auront du mal à la détricoter. Pourquoi changer seulement deux mois après ?

L'optimisme de Le Gall ressemble à une injonction à ne pas désespérer. Une réalité incontestable apparaît pourtant : à Nanterre, j'avais tout à gagner ; à Versailles, j'ai tout à perdre.

Je retourne près de Gabriel, il me tend un sourire et je le lui rends. Dans le sourire, les enfants montrent leur bonheur, les adultes cachent leur malheur. Gabi est une fleur, il ne sait rien des guerres autour, et se contente d'être un miracle.

Je replace le papier dans ma poche arrière. Je tournoie pour éviter les tentatives du pickpocket. Il sautille, le bras tendu, pour essayer d'atteindre sa cible. Son rire fait le reste du chemin, finit par me dépasser et m'envahir. Je veux l'entendre pour l'éternité. Ne m'enlevez pas mon fils, je vous en supplie. Pas maintenant.

Il nous reste quelques jours avant les vacances de Pâques et le retour de Gabriel chez sa mère. Je veux changer d'air et l'emmène au bord de la Manche, dans la baie de Morlaix. Après l'ombre de la gare Montparnasse, le soleil qui nous attendait, en embuscade, encercle le TGV. Dans notre diligence criblée de flèches d'or, des passagers plissent les yeux, d'autres abaissent les stores. Gabriel, à genoux sur son siège et tourné vers la vitre, contemple la campagne de l'ouest et ses tranquilles exploitations de colza, qu'aucun relief ne vient contrarier. Il s'émerveille bouche ouverte et dessine, au gré de son souffle, une buée de formes éphémères. Après une heure de voyage, les premiers toits d'ardoise réfléchissent le soleil, puis des maisons blanches aux volets bleus hellénisent les terres celtiques. Elles nous souhaitent la bienvenue, sous un ciel où bataillent le bleu et le gris, couleurs contrariées d'une Méditerranée armoricaine. Entre Guingamp et Roscoff, mon téléphone sonne, le numéro est masqué.

— Monsieur Herserant ? me dit une voix de femme.

— Oui ?

— Commissariat de police de Clamart.

— Oui ? Qu'est-ce qui se passe ?

— Nous avons reçu une plainte, dont vous faites l'objet.

— Pardon ?

— Vous devinez à quel sujet, monsieur ?

— Une plainte ? Attendez, je suis dans le train. Gabi ? Je vais juste à côté, tu ne t'inquiètes pas, je te vois à travers la porte. Excusez-moi, euh… ben non, je ne vois pas de quoi il s'agit.

— C'est pour violences physiques, monsieur. Vous pouvez passer nous voir ?

— Violences physiques ? C'est une blague ?

— La violence n'est pas une blague, monsieur. Cet après-midi ?

— Euh, là, je ne peux pas, je ne suis pas sur place.

— Lundi matin, vous pouvez ?

— Euh, oui.

— 10 h 45 ?

— D'accord, je serai là.

Sonné, je regagne ma place en m'appuyant sur les sièges des passagers de part et d'autre de l'allée, manquant de trébucher sur les genoux d'un voyageur. J'ignore si je suis ballotté par le TGV ou par un autre train lancé à grande vitesse, celui de la vengeance. Arrivé au niveau de Gabriel, je lui demande encore une seconde, reviens sur mes pas et arrive tant bien que mal entre les deux compartiments dédiés aux bagages. Je peine à respirer, encaissé dans cette vallée de valises, battue par un vent d'Air Wick soufflant depuis les toilettes. Je dois en plus m'écarter pour laisser passer le flux des voyageurs vers la voiture-bar. Mon cœur demande à être libéré de sa cage, tant il cogne fort contre ses barreaux.

Pour me calmer, j'appelle Le Gall, mon anxiolytique assermenté. Dans le vacarme et l'inconfort, s'engage un dialogue de sourds, au sens propre du terme. Je retiens tout de même l'essentiel de son expertise juridique. « Attention, les flics peuvent être très cons. » Elle me prédit, avant de raccrocher, un avenir radieux. « La prochaine étape, c'est l'accusation de pédophilie, un classique. » J'aurais dû me méfier du bonheur ; ce faux frère plane au-dessus des nuages sans prévenir de l'inévitable atterrissage. La quiétude de l'instant présent et la jouissance des petits riens ne sont que de la buée sur son hublot. À la fin, tout s'évapore. Le contrôleur annonce notre arrivée imminente. « Assurez-vous de ne rien oublier dans le train. » Il n'aura qu'à déposer ma sérénité aux objets trouvés.

À la gare, je récupère notre voiture de location et sangle Gabi dans son siège auto. Nous roulons jusqu'à ce que la route se transforme en chemin de terre, puis le chemin de terre en champ de bruyères, puis le champ de bruyères en chant de la mer. À la pointe de Beg an Fry dans le Finistère, il n'y a plus que nous deux, un père et son fils, le ressac et le vent frais. Au-dessus de nos têtes, un goéland cesse de lutter et se laisse porter. Je lâche aussi les commandes et ne me soucie plus, pendant un instant, de ce que je ne peux pas contrôler. Par le chemin de randonnée, nous descendons en contrebas de la falaise, vers les plages de Guimaëc. Gabi découvre les marées, les pieds dans l'eau, muni de sa pelle et de son seau :

— Papa, j'ai vu un crabe !

— Tu as vu, ils sont drôles, à marcher de côté.

— Oui, c'est pour pas déranger les poissons. Ils disent pardon pour pas les tamponner.

— Ils s'excusent de prendre trop de place.

— Oui !

— Je suis un crabe, Gabriel, dis-je, faisant mine de pincer ses gambettes.

Le retour à Paris est brutal. Le béton des visages et l'acier des sourires m'oppressent, les sirènes hurlantes me rappellent ma convocation du lendemain. Gabriel adore les entendre. « Regarde la police, papa ! » Il est le maître de l'insouciance, je suis son mauvais disciple. Au quotidien, je prétends lui enseigner un tas de choses vaguement apprises au fil des années, alors que je suis incapable de réapprendre l'innocence, dont il m'offre pourtant l'exemple. Mon esprit est ankylosé par le conflit. À la vue du premier gros bras sortant d'un Fitness Park, j'en viens à presser le pas, croyant semer un homme de main soudoyé par la partie adverse. Avant mon grand oral au commissariat, je dois expédier une affaire, appelée à devenir courante, à laquelle je ne me fais pas encore. En accordant les deux semaines de vacances de printemps à la mère, la juge a voulu ménager Gabriel et opérer un changement en douceur. Bien sûr, une date de retour est arrêtée et sera sans doute respectée dans la perspective de la prochaine audience. Néanmoins, je revis le traumatisme de la séparation, comme une réplique du premier tremblement de terre.

Le rendez-vous est fixé au pied de mon immeuble. Je veux un au revoir réussi, pas un bisou à la va-vite en terrain hostile. Mes mots d'amour doivent atteindre leur unique destination, l'oreille délicate de Gabriel, et échapper aux radars ennemis. Dans les escaliers, j'enlace mon garçon comme si je le faisais pour la dernière fois. Je descends les marches, sa main dans la mienne, la boule et le caillou au ventre. Arrivé en bas, il saute dans les bras de sa maman. Elle et moi nous saluons, froidement, comme deux belligérants en coulisses d'un cessez-le-feu fragile.

— Son cache-cou, il est où ? me demande-t-elle.

— Dans sa poche, il fait doux.

— T'as mis un goûter ?

— Une madeleine, une pomme.

Elle semble chercher un autre reproche à déguiser en question, scrute Gabriel de bas en haut avant de conclure : « OK ».

La joie de Gabi de revoir sa mère devrait me suffire, mais je me sens dépeuplé. L'un pour l'autre, nous allons redevenir des souvenirs. Je le regarde s'éloigner sur le trottoir, me saluer de sa petite main, puis disparaître dans un virage. Je fais un pas en avant pour le voir une seconde de plus, encore un autre pour avoir du rab. Il est parti. Je remonte chez moi et ne trouve plus aucun sens à mon appartement, il n'est plus qu'un vide entre quatre murs, de la désolation en loi Carrez. Il y a cinq minutes, ici même, je nouais les lacets de mon enfant et lui chantait « Les Tournesols ».

Le jour suivant, je me présente à l'entrée du commissariat de Clamart, le visage pris dans l'angle d'une caméra. Une voix me demande de décliner mon identité et de préciser l'objet de ma visite, puis un gardien de la paix vient ouvrir une première porte et me fouiller dans le sas. Il repart avec mon passeport, m'invite à attendre à l'accueil sur la dernière chaise disponible, à côté d'une machine à snacks. Ensuite, il passe un coup de fil et annonce mon arrivée. Au mur, est punaisé un trombinoscope de personnes disparues. Parmi celles-ci, il y a une majorité d'enfants – certaines photos remontent à plus de dix ans –, dont les proches gardent peut-être espoir de les retrouver. Je patiente une vingtaine de minutes, une policière vient me chercher, un gobelet de café à la main.

Dans l'ascenseur, elle en boit une gorgée et semble tout à coup préoccupée. Je m'en émeus, voyant dans sa moue un mauvais présage. « Note à moi-même : ne jamais boire son café avec un chewing-gum », remarque-t-elle. Je souris poliment. Nous arrivons à l'étage et allons là où nous trouvons de la place, dans une petite pièce grise égayée d'une carte postale bleue *patafixée* au mur : « J'aime les Sables-d'Olonne ». Il ne semble pas y avoir de salle dédiée aux interrogatoires – ou s'il y en a une, je ne la mérite pas. Ma policière s'installe devant un ordinateur type Commodore 64 et sa tour démarre en hyperventilation. Elle crache son chewing-gum dans le gobelet beige et pose le doigt sur la gâchette de son arme de service : la touche « Entrée » du clavier. Une nouvelle fois l'air contrarié, elle crie vers un bureau voisin, de l'autre côté du couloir :

— Gaëlle ?

— Ouais ? répond en hurlant une voix de femme.

— C'est quoi le code de FX ?

— Je sais pas, faut lui demander.

— Il est là, ce matin ?

— Je sais pas, je l'ai pas vu.

Ma policière décroche le combiné d'un téléphone fixe, beige lui aussi, pianote et patiente :

— Ouais, Corinne, c'est Manu, dis-moi, t'aurais pas, ouais, ça va merci et toi ? Tu peux peut-être m'aider, FX est dans les parages ? D'accord… Il est au TGI ce matin ? Tu ne connaîtrais pas son code par hasard ? D'ordinateur. Ah super, attends. Ouais… ouais… Majuscule ? Ok, je te remercie. Ouais, j'étais à Trouville ce week-end, comment tu sais ? J'avais promis à Victor de lui montrer la mer. Mais carrément, on se fait ça, quand tu veux. Yes, allez ciao ma belle, ciao. Excusez-moi, monsieur Herserant. Café ?

— Non, je vous remercie, c'est bon.

— Bon alors, avant de commencer, je vais vous demander de remplir quelques formulaires d'usage. Vous avez un stylo ?

— Pas sur moi, non.

— Ah. Bon ben… prenez le mien, me dit-elle après une vaine palpation de ses poches.

Son Bic est capricieux, je dois repasser trois fois sur les lettres. « Marche pas ? » en déduit ma policière, perspicace, avant de me reprendre le stylo des mains. Elle souffle dessus, puis l'essaye sous la semelle de sa chaussure. Le Bic retrouve de sa superbe. Qui oserait contester, après ça, l'efficacité des méthodes de la police française ?

— Vous savez pourquoi je vous convoque ? me questionne-t-elle, une fois mes devoirs terminés.

— J'ai reçu un appel téléphonique, de votre part peut-être, au sujet d'une plainte déposée contre moi. J'en ignore la teneur, il m'a simplement été indiqué qu'elle concernerait des violences.

— Il s'agit d'une plainte pour violences domestiques, déposée par madame Felber, sur des faits qui remonteraient à l'époque où vous étiez en couple avec elle. Comment est votre relation aujourd'hui avec Madame ?

— Conflictuelle : nous nous disputons la garde de notre enfant, Gabriel, qui a trois ans. À ce sujet, je tiens à préciser que la plainte de Madame arrive sur la table à quelques semaines de l'audience d'appel, que les faits dénoncés n'ont même pas été plaidés en première instance et n'apparaissent à aucun moment dans les conclusions de son avocate. Je vous ai apporté les pièces qui le démontrent. D'ailleurs, pourrais-je savoir ce qu'il y a dans la plainte ?

— Non, mais en gros, Madame dit que vous l'auriez violentée, alors qu'elle tenait votre enfant dans les bras. Ça vous dit quelque chose ?

Tant qu'à faire, autant utiliser Gabriel pour chercher à m'atteindre. Je tends le jugement et les conclusions à ma policière. Elle les examine et m'interroge en même temps. « Je ne connaissais pas ces pièces… Comment était votre relation du temps où vous viviez ensemble ? »

Au détour de cette question, je réalise que je ne me suis jamais confié à ce sujet. Je préfère écouter les histoires des autres et me surprends souvent à délivrer des conseils avisés, que je serais incapable de m'appliquer à moi-même. Je ferais, je crois, un bon thérapeute conjugal, mais mal conjugué, comme un cordonnier mal chaussé.

Après avoir replacé la plainte dans son contexte, je me livre à l'autopsie de ma relation passée avec la mère de Gabriel. Au-dessus de son cadavre froid, chacune de mes constatations semble éveiller le doute. Ainsi « On ne se parlait plus beaucoup » ouvre la voie à « Vous vous engueuliez souvent ? », puis au suspicieux « Aviez-vous remarqué des ecchymoses sur le bras de votre compagne ? » Comment puis-je prouver que ce qui ne s'est pas passé ne s'est pas passé ? Le regard penché de ma policière et le froncement mesuré de ses sourcils témoignent de son écoute attentive. Je l'imagine même compréhensive, voire solidaire avec moi. J'oublie l'interrogatoire et lâche prise, n'envisageant pas une seule seconde que ma parole puisse m'exposer à la contradiction. Soudain, mon interlocutrice se fait freudienne. « Vous vous entendez bien avec votre mère ? » Je vois, ma conscience est tranquille, aussi vient-elle chercher la faille dans mon subconscient. Elle peut inviter Œdipe à notre table, trifouiller mes fantasmes inavouables, je peux tout justifier, même ma passion suspecte des jupes écossaises.

— Toujours pas de café ? me demande-t-elle.

— Je me laisse tenter.

— Allongé ? Serré ?

— Serré.

— Sucre ?

— Non merci. Sportif, enfin on essaie.

— Moi, c'est pareil, ça fait des semaines que je dois reprendre.

— Courir après les voleurs, c'est bon pour la cardio, non ?

J'arrive à faire sourire ma policière, qui en zappe ma commande et me sert un allongé. Voilà un acte manqué, me dis-je, son café devenant l'invitation inconsciente à m'allonger sur le divan. Quel contraste avec le tribunal, où le juge n'a pas le temps et est là pour juger ; au commissariat, ma policière semble avoir la journée devant elle pour simplement m'écouter me confesser. Je prends de plus en plus mes aises, me balance sur ma chaise et commence à comprendre pourquoi on parle d'« hôtel de police ». Celui de Clamart est un bon trois étoiles.

Madame de Condé me reçoit en son salon et me permet de mettre des mots sur ma vie de couple brisée. Je n'aurais pas rêvé meilleure thérapie dans un cabinet en ville. Certains dépensent des milliers d'euros en psychanalyse, alors que la séance est gratuite auprès d'un officier de quartier. À l'heure de conclure, je suis presque déçu de quitter mon hôte :

— Monsieur, j'ai un devoir de réserve, mais je vous le dis, concernant la plainte de Madame, j'étais très sceptique dès le début. Je voulais quand même entendre ce que vous aviez à dire.

— Vous savez, quand vous m'avez appelé pour me convoquer, j'étais dans le train, je partais en vacances avec mon petit garçon pour lui faire découvrir la mer. Comme vous l'avez fait avec votre fils, je crois.

Silence.

— Victor, c'est ça ?

— Victor, c'est mon labrador.

Un moment de solitude plus tard, ma policière me demande si j'ai quelque chose à ajouter. Il est temps de redevenir sérieux :

— Je pense qu'une plainte mensongère nuit à la reconnaissance des violences dont les femmes sont réellement victimes.

— Je vais contacter le parquet et voir quelle suite il souhaite donner à cette affaire.

En attendant, ma policière lance l'impression du procès-verbal de l'interrogatoire.

— Gaëlle, ton imprimante, elle a de l'encre ? crie-t-elle.

— Ouais, mais elle n'est pas connectée au réseau, faut imprimer en bas.

Pas de doute, la police française est un corps d'élite, doté d'un matériel de pointe et d'une organisation sans faille. De retour, ma policière m'invite à lire le document rédigé de sa plume. « Il y a peut-être quelques coquilles », me prévient-elle. Je découvre son style dépouillé, limite Cherokee ; « Visage pâle vouloir justice » doit m'attendre au coin de la page. Le hic est que ce document est censé traduire ma pensée.

Je la sens curieuse de connaître mon verdict sur la forme, aussi je n'ose pas relever les fautes de français de ma nouvelle copine. Bien sûr, l'envie de mettre un « vu » dans la marge et d'exiger la signature de ses parents ne manque pas. Ma petite percée dans le milieu de l'orthographe – un quart de finale des Dicos d'Or récompensé par une banane du Crédit Agricole – me donne une certaine légitimité. J'opte plutôt pour le pédagogisme, l'appréciation bienveillante et la correction *feel good*. Je ferme le clapet de ce COD vaniteux, à toujours vouloir se placer avant le participe passé et exiger qu'il s'accorde avec lui. Tout au plus, en prenant soin de m'excuser, je souligne une mini-coquille – j'utilise le terme inclusif de « coquillette » – et me permets de rappeler que Dorian ne prend pas de *s*.

En attendant la réponse du parquet, je suis invité à descendre un étage en-dessous pour un shooting photo. Matricule dans les mains, je pose de face et de profil devant l'objectif, et me retrouve propulsé au casting de *Usual Suspects*. Je joue la carte de la dédramatisation : « Je la mets sur Insta ? » Ma blagounette échoue : on doit la faire dix fois par jour au brigadier Cartier-Bresson. Surtout, il faut recommencer l'opération, aucune expression faciale n'est permise au moment du flash. Pour inspirer à mon visage la neutralité, je repense fort à mon ex-beau-père. On m'informe que ma convocation sera inscrite pendant quinze jours dans mon casier judiciaire, et plus si affinités avec le parquet.

Je retourne à l'accueil, où je patiente plus d'une heure. Ma policière revient enfin avec un large sourire. « Monsieur, j'ai téléphoné au procureur, il ne voit aucune raison de poursuivre. C'est bon, vous êtes libre. » Mon photographe sourit aussi, c'est tout juste si je ne quitte pas le commissariat sous les applaudissements. Je redoute cependant que la partie adverse n'en remette une couche à l'audience d'appel, pouvant toujours plaider le laxisme des institutions. « Calomniez, calomniez, il en restera toujours quelque chose », dit l'adage. Avant de partir, je pose un dernier regard sur l'affiche des personnes disparues. Elle m'apprend à relativiser mes blessures intimes et renforce ma détermination. Versailles, je suis prêt.

9

Je me suis battu contre la fatalité et pour trouver une issue, j'ai gravi les marches une à une. Je me suis documenté, j'ai suivi la procédure et les recommandations. Bien sûr, j'ai souffert, beaucoup, mais je me suis relevé à chaque fois. Pourtant, je dois me rendre à l'évidence : mon caillou ne descendra plus. L'échographie est formelle, l'expulsion du squatteur a échoué.

J'espérais voir la lumière au bout du tunnel, j'ai pris ma vessie pour une lanterne. La sonde JJ, ce spaghetti-charter censé raccompagner le calcul hors de mes frontières, s'est manifestement prise d'affection pour mon invité. Alors il faut opérer. Au petit matin, avant le départ pour la clinique, si la Bétadine rouge débarrasse mon corps de ses microbes, mon esprit reste parasité par l'absence de Gabriel. Le manque est une maladie infectieuse. Pour me soigner, je prends ma dose de placebo, en imaginant où il se trouve, ce qu'il fait et ressent. Penser à lui me rend à la fois malheureux et joyeux, le vide s'ouvre sous moi et ma rêverie le remplit aussitôt.

L'apaisement est de courte durée. Assis dans ma baignoire, je suis seul et vulnérable. L'intervention à venir est a priori anodine – je serai dehors à midi selon le médecin –, mais la paternité fait du moindre souci de santé une perspective effrayante. Défaillir reviendrait à trahir le modèle que je suis supposé incarner aux yeux de mon enfant. Pour un petit garçon, la force du père est un repère. Si Gabriel savait... Je m'étiole quand il n'est pas là. Il est le seul à me faire rire, je veux dire d'un vrai rire, spontané et éclatant. En société, mon rire est contenu et ne montre jamais les dents, il n'est qu'une convention sociale, une validation de références communes. D'ailleurs, la tonalité, le volume ou l'objet du rire donnent une indication sur le bagage socio-culturel, voire économique d'un individu. Le rire provoqué par un enfant ne livre aucun indice, il réunit les hommes quels qu'ils soient.

Au pôle Santé de Meudon-la-Forêt, je retrouve ma chambre et le protocole habituel – analyse d'urine, tensiomètre et prise de sang. J'enfile la tenue iconique du vestiaire hospitalier : la blouse bleue et son ouverture à l'arrière. Ce classique indémodable, léger et printanier, achève d'humilier le patient, au cas où celui-ci ne se sentirait pas assez rabaissé par sa pathologie. La charlotte sur la tête donne le coup de grâce. Une infirmière fait irruption, elle est évidemment désirable, en ce jour, parmi d'autres, où je ne le suis pas.

— Monsieur Herserant ?

— Oui ?

— C'est quoi, votre groupe sanguin ?

— Euh, A+, je crois.

— C'est bien ce que vous nous aviez indiqué. Vous êtes sûr ?

— Normalement, oui.

— Pour nous, vous êtes O+.

— Ah.

— Non, O+.

— Oui, bah, je sais pas, c'est écrit en première page de mon carnet de santé, A+.

— Et vous l'avez, le carnet de santé ?

— Non pas là, mais je suis sûr de moi, c'est le groupe sanguin de ma mère.

— Nous, on a vérifié deux fois.

— Je serais O+, alors ?

— A priori. Bon, ne vous inquiétez pas, il n'y a pas d'urgence, c'est une vérification habituelle. Mais à l'occasion, faites une prise de sang en ville, si vous voulez en avoir le cœur net. Je repasse vous chercher d'ici dix minutes, un quart d'heure.

Pendant trente-sept ans, j'aurais vécu dans l'ignorance de mon véritable groupe sanguin ? Au quotidien, je n'y songe jamais, seul un vampire très autocentré le ferait. De même, je ne vois pas dans mon prochain un bidon de sang sur pattes. Je ne sais même pas la signification des lettres A ou O, alors que je connais la classe énergétique de mon lave-linge – A, bravo à lui – et avec quelle lessive je peux le perfuser. Mon groupe sanguin supposé ne m'a jamais rendu spécialement fier, je ne brille pas en société en lançant à la cantonade : « Au fait, je vous ai dit que j'étais A+ ? » Cela dit, quelqu'un aurait pris la responsabilité d'écrire sur mon carnet de santé un groupe erroné, sans vérifier plusieurs fois l'information ? Je ne les imaginais pas si débordés à la maternité de Menton. À moins qu'à ma naissance, l'infirmière, esthète, ne m'ait attribué un A+, pensant remplir un carnet de notes ? À bien y regarder, l'erreur a dû être commise ici à la clinique, où, entre deux opérations, ils ont pu me confondre avec un autre patient, mettre la bonne étiquette sur le mauvais tube ou l'inverse.

Sur mon portable, Doctissimo – la salle de shoot des hypocondriaques – m'en apprend plus sur le groupe O. On ne sait jamais, ce sang est peut-être le Graal.

Ainsi, les indigènes d'Amérique du Sud seraient majoritairement du sang O. Ça me parle, c'est tout moi, héritier des peuples primitifs. D'ailleurs, ça me revient : pendant la plaidoirie de Radu, j'ai senti l'appel de la sarbacane, prêt à lui souffler une flèche empoisonnée dans le cou. En forêt de Rambouillet, j'ai déjà mangé des fraises sauvages, torse nu de surcroît. Et puis, je ne dis pas non au cannibalisme. Quand je changeais Gabriel à six mois sur sa table à langer, tout nu, tout dodu, tout joufflu, je lui disais : « Oh toi, je vais te manger », avant de mordiller ses orteils pareils à des saucisses cocktail. Plus loin, je lis que le sang A serait majoritaire en Asie. Ah, voilà autre chose, car j'ai les yeux en amande. Hasard ou coïncidence ? Qui suis-je ?

Pour résoudre ma crise identitaire, devrais-je me fier à l'air du temps ? Après tout, je pourrais très bien être un O+ en transition de sang et décider de devenir A+. Si j'en crois l'époque progressiste, la biologie n'existe pas, seul compte le choix individuel. Alors je n'aurais pas à avoir honte de me sentir *genderfluid* plasmatique et de m'identifier à une hémoglobine non genrée.

Sur une autre page Web, je découvre un tableau de compatibilité des groupes sanguins. Il est formel, si j'associe le groupe de la mère de Gabriel, O+, à celui qui m'a été attribué à la naissance, A+, le résultat A+ apparaît pour le bébé, parmi d'autres possibilités. Or, Gabriel est A+. Cela se corse si j'associe O+ à O+, mon nouveau groupe sanguin, car Gabriel ne peut alors être qu'O+ ou O-. Je vérifie trois fois l'information, car si mon sang est bien mon sang d'origine, le sang de mon fils est mon sang. Toutefois si mon sang est mon sang nouvellement détecté, mon sang n'est plus son sang, et mon fils n'est plus mon fils.

Quand il y a deux possibilités à envisager, une bonne et une mauvaise, la nature humaine, mue par la peur, considère la mauvaise avec plus d'attention. Au mieux, on s'efforce de rester optimiste, mais il y a toujours un « mais ». J'incline naturellement vers la conjonction de coordination. Gabriel est mon fils, je me suis occupé de lui depuis le premier jour, je me bats pour le droit de l'élever, mais il n'est peut-être pas de moi. Je serais tel le roi Arthur qui, après moult péripéties, retire enfin Excalibur de son rocher, mais découvre une lame « *made in China* ».

La jolie infirmière revient me chercher, assistée d'un brancardier. Elle me tend un sachet de plastique pour y ranger mon téléphone. Je n'ai plus le loisir de gamberger, en direction du bloc opératoire. J'y retrouve mon urologue-star, qui me briefe sur un ton d'animateur de télé-achat.

— On va d'abord retirer la sonde, puis aller saisir le caillou avec une petite pince, une pincette, toute bête, pour le raccompagner, gentiment, vers la sortie.

— D'accord. Et cette pince…

— On la place au bout d'une mini-caméra, toute petite, on appelle ça un urétéroscope, peu importe, qui nous permet de visualiser où se trouve le petit calcul.

— Urétéroscope… Qui est donc introduit…

— Dans l'urètre, puis on remonte, tout doucement, tranquillement hein, pas de stress, le long de l'uretère. D'autres petites questions ?

— Euh non, enfin si, c'est possible de changer de groupe sanguin au cours de sa vie ?

Sûrement consterné, l'urologue ne prend même pas la peine de me répondre et presse l'anesthésiste d'agir. Ce matin, il doit avoir au moins dix verges à son planning. Masque sur le nez, j'abandonne mon intimité à la médecine. M'endormir au moment de déballer le matériel, voilà une mauvaise habitude que je crains de voir s'installer avec l'âge.

Le sommeil de l'anesthésie générale est un cadeau. Il n'est plus ce rituel entre la vaisselle du soir et le café du matin, ce passage de témoin entre deux journées routinières, ni même l'obligation de récupérer d'une activité harassante. Il est insoumis aux horaires ; aucune insomnie ne peut le troubler ni en retarder l'arrivée. Il préserve enfin de la souffrance physique, de l'angoisse ou, pire, des observations du personnel médical. En salle de réveil, mes paupières, sur le point de s'ouvrir, baignent dans une douce lumière orangée. La pièce où j'émerge est gorgée de soleil, je ne sais pas combien de temps j'y ai dormi et me demande pourquoi je suis là. La réponse est à côté de mon lit, sur une table de chevet à roulettes. Mon caillou est posé dans une petite assiette. Il ressemble à une minuscule rose des sables, j'ignorais que mes reins abritaient l'écosystème du Sahara. Comment une si petite chose a pu prendre une telle place dans ma vie ?

Une infirmière, une nouvelle – le privé ne manque pas de personnel –, entre dans ma chambre, me rend mon téléphone portable et m'apporte une collation. Puis, l'urologue passe en coup de vent :

— L'opération s'est bien passée, la sonde a été retirée, le caillou fait trois millimètres.

— Il est tout petit.

— C'est un calcul oxalo-calcique, un classique des mauvaises habitudes alimentaires.

— C'est-à-dire que je mange trop de calcium ?

— Si ce soir, vous aviez prévu une fondue savoyarde, annulez.

— C'est suisse, la fondue. Et j'ai arrêté.

— Buvez surtout, de l'eau de source ou du robinet. Les eaux trop minéralisées, vous évitez.

— Le caillou, je fais quoi, je le garde ?

— Si vous voulez.

On me laisse le temps de me réveiller tranquillement – le privé ne manque pas de chambres – et l'on me prévient qu'un taxi, pris en charge par la mutuelle, me raccompagnera chez moi. Enfin, on me laisse à nouveau seul avec mon gravier. J'ai du mal à concevoir qu'il a été façonné et nourri par l'un de mes reins. Il me donne plutôt l'impression d'être une météorite venue d'une autre planète, d'un autre système solaire.

Il est l'heure de partir, je ne manque pas de remercier toute l'équipe. Je fais un dernier détour pour retrouver la trace de la belle infirmière et me présenter à elle dans des vêtements enfin dignes. Ma parade nuptiale ne l'émoustille guère, elle décroche à peine les yeux de son formulaire. Enfin je rentre à la maison, une *rolling stone* dans la poche. L'après-midi, je renoue avec ma solitude et me rends à *L'Apparemment*. Comme souvent, Mounir est tiraillé entre la cuisine et le comptoir, il est au four à micro-ondes et au moulin à paroles. J'en profite pour lire un passage du *Chevalier solitaire*, dont un exemplaire posé sur le bar me tend les bras :

« À la tireuse, j'incline le verre en biais pour y faire couler la bière. Si je ne l'incline pas, il y a trop de mousse et pour les clients, c'est soit imbuvable, soit une arnaque, parfois les deux. Si le petit marqueur noir des 25 centilitres est atteint par l'écume blanche et non par le breuvage doré, il y a moins à boire, pour le même prix. »

Comme un verre à bière, le Chevalier solitaire regarde le monde en biais pour le rendre buvable et en déjouer les plans malhonnêtes. La vie est une arnaque, trop redoutable pour être affrontée en face.

Mounir revient de la cuisine où il réchauffait des fondants au chocolat – certains clients déjeunent tard. Je lui passe commande de diurétiques, il paraît qu'ils préviennent l'apparition des calculs. J'ai une excuse médicale pour me mettre à boire.

— Mets-moi une bière, steuplait.

— Ouh là, qu'est-ce qui t'arrive ? C'est jour de fête ?

Mounir jette nonchalamment un sous-bock sur le comptoir et y pose « La Bête », en douceur.

J'attaque le demi sans prendre la peine de le porter à mes lèvres. Une fois la dernière goutte aspirée pour la faire couler plus vite, je suis prêt à enchaîner. « La même. » Mounir rince le fond du verre, incline le manche de la tireuse et fait légèrement déborder la mousse. Je m'y précipite et couronne mes lèvres d'une moustache blanche, que je devine en reflet dans le bronze chromé de la colonne à bière. Le breuvage agit comme un sérum de vérité sur le sujet peu initié. Pourtant je parviens à maîtriser mes mots, avec pondération :

— Elle s'est bien foutue de ma gueule !

— La mère ?

— La mère, la vie.

— Il se passe quoi ?

— Gabriel n'est pas de moi.

— Je te jure, j'y suis pour rien.

— C'est pas drôle.

— Mais attends, il est de qui ? Tu déconnes, là ?

— J'en sais rien, je ne sais même pas si elle le sait.

— Attends, je ne comprends rien. Comment tu l'as appris ? T'es sûr de toi ?

— Une prise de sang, ce matin même, tu le crois ça ?

— T'as fait un test de paternité ?

— Non, une histoire de groupes sanguins.

— Pff, il est de toi.

— Je ne sais pas !

— Tu te doutes bien que ton ex, si elle avait un doute, aurait sauté sur l'occasion pour en parler au tribunal.

— Je ne sais pas ce qu'elle me réserve, elle va peut-être me sortir un truc de son chapeau.

— T'en as parlé à ton avocate ?

— Pas encore, j'ai peur de ce qu'elle pourrait me dire.

— De toute façon, il est de toi, il te ressemble.

— Il ressemble surtout à sa mère.

— Regarde ma tête de bédouin, ma femme est sicilienne, eh ben, ma fille est blonde. Et je n'ai aucun doute. Quoique, je ne sais peut-être pas tout de nos vacances en Islande.

— En même temps, je m'attendais à quoi ? Déjà à la base, il y avait un gros mensonge.

— Du genre ?

— Tu connais ça, quand chaque jour tu comptes dix bonnes raisons de partir, et que tu restes pour la moitié d'une.

— Ouais, c'est l'histoire de ma vie.

— Une bonne série sous le plaid, une alchimie au lit…

— Je le dis toujours, celle à qui tu fais l'amour sans enlever tes chaussettes, c'est la bonne.

— Bah un soir, j'ai dit stop. Elle est repartie vivre dans son studio. J'ai tenu bon, une semaine, dix jours. Un *nude* plus tard, je rappliquais devant sa porte.

— J'ai pris le taxi jusqu'à Cabourg pour un SMS un peu chaud.

— On ne se demandait rien, elle me le disait : « Ça me va, je veux juste m'éclater. » Je l'ai crue. Je voyais ça comme un sas de décompression, une façon de nous dire adieu en douceur. D'ailleurs, un jour, ça s'est arrêté, je suis passé à autre chose et plus de nouvelles.

— Je t'en remets une ?

— Ouais, merci. Un mois après, mon téléphone sonne. « Dorian, je suis enceinte. » J'ai retrouvé chez elle des plaquettes de pilules, jamais entamées.

— Un accident est possible.

— Pff, tu parles. Faire un enfant dans le dos, c'est vieux comme le monde, mais c'est tellement gros que je n'y ai pas songé une seconde. C'est le genre de truc, tu te dis que ça n'arrive qu'aux autres.

— C'est le moyen qu'elle a trouvé pour te garder. T'aurais pu te barrer à ce moment-là, mais t'as assumé. Peut-être que tu l'aimais aussi, hein.

— Pour quel résultat ? C'est elle qui s'est barrée finalement. Et au pire moment.

— Tu le regrettes, franchement ?

— C'est pas ça… J'ai toujours voulu être père, je me suis dit que ce serait peut-être le seul gamin que j'aurais. C'est juste que là, si c'est pas le mien, le mensonge s'ajoute au mensonge. Dès le début, les dés étaient pipés, c'est ça que je veux dire.

— On se voile tous un peu la face pour que ça marche. Tu vois Maud, elle est passée tout à l'heure, d'ailleurs elle revient, si tu veux lui parler…

— Non, je n'ai pas le cœur à ça.

— Bon, avant de divorcer, elle avait mille trucs en commun avec son mec, la maison, les gosses, les crédits, ils sont restés ensemble dix ans juste pour ça.

— Tu veux me dire quoi ?

— Il n'y a pas *un* modèle à suivre. T'as un gamin génial, t'en es dingue, on s'en fout du reste, non ?

— Oui, mais c'est comme si au départ d'une course, t'avais un athlète, il partait pour un 10 000 mètres, mais en fait, c'était un 100 mètres, et personne ne lui avait rien dit. Non attends, c'est l'inverse. Imagine, il part pour un 100 mètres, euh…

Pour asseoir mes idées, je pose mon coude sur le comptoir, mais il se dérobe, signe qu'il est temps de rentrer. Les 8 % de La Bête sont traîtres. Titubant et regardant ma rue de biais, je parcours les 100 mètres qui séparent le bar de chez moi en un chrono que l'on voit habituellement sur 10 000 mètres. À la maison, je mange un plat de pâtes pour éponger la bière et repose la casserole à demi pleine sur la gazinière. « Elle n'aura qu'à la prendre en photo pour son dossier », me dis-je. Avachi dans mon canapé, à demi saoul, j'ai besoin de mettre mes idées au clair. Pris dans le tourbillon, il y a celui qui se laisse aller, celui qui lutte et celui qui fait le bilan avant l'issue fatale. Je suis de la dernière catégorie. Mon truc consiste à tenir un simulacre de conférence de presse, devant un parterre de journalistes fictifs. Ainsi contraint par le formalisme de l'exercice et la médiatisation imaginaire de mes déclarations, je m'applique à rendre la confusion intelligible, me reprends et reformule, passant pour un *manager ès émotions* présentable, tout en dissimulant mon ivresse.

— Pour Konbini, comment en est-on arrivé là ?

— Toutes les femmes que j'ai connues, en réponse à mon besoin d'indépendance, me le disaient : « Tu ne sais pas ce qui est bon pour toi. » Peut-être avaient-elles raison ? Un couple ne peut pas réussir, si l'un des deux s'implique du bout des lèvres et sur la pointe des pieds. Il n'existe pas un entre-deux possible, une zone tampon entre le célibat et l'engagement, où l'on se déclare non belligérant. Un jour, on finit par prendre une balle perdue, le réel rappelle toujours le conjoint désinvolte à ses obligations.

— Pour Doctissimo…

— Doctissimo, je vous arrête tout de suite. En lieu et place du tableau des groupes sanguins, vous devriez présenter un autre tableau, celui des erreurs humaines qui mènent à la parentalité. Parce que l'amour absolu et le respect des cycles d'ovulation sont moins féconds qu'une tequila et une capote qui pète. Je veux dire, mon indécision couplée à la manœuvre de mon ex ont abouti à la case bébé. J'ai eu du mal à avaler la pilule, elle avait oublié de prendre la sienne. Au fond, je crois que la vie a choisi pour nous. Un enfant est un ogre qui dévore les amants et recrache des parents. Devant l'énorme gueule béante, prête à nous avaler, on s'est collé l'un à l'autre pour avoir l'air plus impressionnant. Nous avons été digérés ensemble par le destin. Vous savez, l'amour parental ruisselle comme le Gange. Pollué à sa source, il n'en demeure pas moins sacré.

— Pour *France Football*, comment vivez-vous le fait de ne pas être celui qui a marqué le but ?

— Pardon, je ne comprends pas.

— Vous n'êtes peut-être pas le père biologique de Gabriel, ça vous fait quoi ?

— Je prends les matchs les uns après les autres. Je verrai en fin de saison, il est trop tôt pour évoquer le marché des transferts. Merci, fin des questions.

En off, face au miroir, je passe un savon à mon directeur des relations presse.

— On avait dit aucune question là-dessus !

Peut-être que je détiens, dans un tube de sang, le séquençage du mensonge, peut-être que j'ai, d'un saut dans l'alphabet, de A à O, de quoi stopper l'hémorragie des procédures. Tu crois que c'est quoi l'audience au TGI ? L'arbre qui cache une forêt de convocations au tribunal – je souscris à un abonnement à vie. Gabriel a trois ans, j'ai manqué un tiers de son existence, il est heureux sans moi. Qui je suis, moi, pour demander sa garde ? Tu sais ce que ça veut dire ?

Que je le retire à celle qui est, avec certitude, sa mère. Quoi ? Bah oui, je chiale. Si l'absence de Gabriel avait été ponctuelle, elle aurait été moins dure à supporter. Si j'avais eu, dès le début, la certitude de le revoir à une date programmée, aurais-je ressenti le même manque ?

— Pour Slate.

— Quoi ? Qu'est-ce qu'il y a, Slate ?

— Peut-on voir dans votre réaction l'expression du patriarcat ?

— Permettez-moi de vous répondre par une question : si une femme enceinte avouait que l'enfant dans son ventre est le fruit d'une tromperie, verrait-on son compagnon assumer, sans discussion, son illusion de paternité ? Si une femme confiait ne serait-ce qu'un doute, dès les premiers jours de grossesse, est-ce que son partenaire officiel assumerait, sans hésiter, un enfant qui n'est peut-être pas le sien ? Autour de moi, je ne vois aucun ami s'interroger. Est-ce par péché d'orgueil ? « Moi, trompé ? Jamais ! » D'autres s'évertuent à trouver une ressemblance entre eux et leur progéniture supposée : « Mais si, regarde, il a un grain de beauté sur le coude, j'en ai un sur le front. » Le père est une incertitude biologique, et tout le monde s'en fout. Et comme si ça ne suffisait pas, on nous enseigne qu'il faut tuer le père ! Tuer le père ne revient pas à éliminer la figure d'autorité, mais à se débarrasser de notre incertitude originelle. Un enfant sur dix n'est pas de l'homme qui croit être son géniteur, tu entends ça, Slate ? Il y a partout une interruption ou, au minimum, une déviation de la continuité biologique. Nous sommes le fruit d'écarts de conduite, des putain de sorties de route. La famille biologique n'est qu'un leurre parce que toute « certitude » sur le père est forcément relative. Au fond, seule la mère sait. Alors le patriarcat, quand il existe, est d'abord l'expression d'un doute, d'une frustration et d'une faiblesse. L'homme édifie un système artificiel pour compenser le père qu'il n'est peut-être pas. Et puis, la plupart des pères ne cherchent pas à imposer leurs normes. Ils subissent la vie, comme tout le monde. Quand la supercherie de leur filiation biologique est rapportée, ils ne remettent même pas en cause leurs années d'investissement et d'amour sincère. Ils sont fatalistes. À l'opposé, l'amour maternel est si évident qu'on lui laisse la place dans le bus. Bien sûr, il y a des dénis de grossesse, des mères absentes et d'autres qui abandonnent leur bébé. Pour autant, une chose dont on est sûr, c'est notre lien charnel avec notre mère, ou, au minimum, avec notre génitrice. Même si la science ou l'évolution des lois rebattent les cartes, un bébé n'est pas encore modelé par une imprimante 3D. Pendant neuf mois, un peu plus ou un peu moins, nous sommes les locataires de nos mères et leur devons, toute notre vie, les loyers impayés. La nature est par essence matriarcale. Maintenant je ne veux plus de questions, laissez-moi tranquille.

Je m'étale sur mon lit et regarde mon plafond tourner, plus rond que mon monde. En retirant mon jean, allongé et les jambes fléchies, le contenu de mes poches se vide entre les draps. À côté de deux tickets de caisse rabougris, je sauve, *in extremis*, mon caillou des abîmes de ma literie. Je le contemple et y vois toutes les facettes de mes tourments. Je le serre dans ma main et m'endors à poings fermés, en sa proche compagnie.

10

Il suffirait d'un test de paternité. Près de chez moi, un laboratoire d'analyse peut décrypter le message encodé dans mon sang. Et si le test était négatif ? Enverrais-je tout valser, d'un revers de la main ? Mon amour pour Gabriel deviendrait-il une relique ? Je me dis qu'avec le temps, je m'accommoderais de cette histoire, j'en ferais même une préoccupation d'un autre âge. Jusqu'au jour où mon fils voudrait connaître son « vrai » père… Serais-je alors relégué sur le banc ?

Mais si le test était positif ? Je me sentirais tellement bête d'avoir voulu chercher la validation de ma paternité, comme si mon ouvrage quotidien était marginal, comme si le duo de mon épaule réconfortante et de mon oreille attentive me définissait moins qu'une paire d'attributs masculins ayant réussi son coup, une fois. Je serais le dernier des ingrats, à avoir osé douter de ma paternité et pris le risque de la remettre en cause. Un père ne peut pas être réduit à sa semence, ou à son sang et plus que tout, si un lien biologique défaillant se révélait, il ne me resterait qu'à prier pour que la partie adverse n'y voie pas l'occasion de m'arracher mon enfant. Afin d'avoir les idées plus claires et de savoir quoi faire, je me résous à appeler Le Gall. Je ne sais pas comment lui exposer les choses, sans passer pour celui qui cherche la petite bête :

— Bonjour Maître, euh, j'ai une question.

— Oui. Faites vite là, parce que je pars au tribunal.

— OK. Vous savez comme moi qu'un père n'est jamais sûr à 100 % d'être le père, biologique j'entends…

— Allô ? Parlez plus fort, s'il vous plaît.

— Avec la mère de Gabriel, quand elle m'a annoncé qu'elle était enceinte, on n'était plus vraiment ensemble – peut-être a-t-elle vu d'autres hommes à ce moment-là.

— Ah, vous êtes cocu ?

— Non, enfin je sais pas, le terme est dans le Code civil ?

— Vous voulez me dire quoi ? Que Gabriel n'est pas de vous ?

— Je n'en sais rien, disons que j'ai un doute.

— Vous voulez demander un test de paternité ?

— Oui, enfin, non.

— D'accord. Et donc ?

— Si la mère a le même doute, elle pourrait exiger un test ?

— Elle peut en formuler la demande auprès du juge. Mais enfin, pourquoi elle n'aurait pas eu ce doute en première instance ?

— Je sais pas, peut-être était-elle trop sûre de gagner, peut-être fait-elle appel en ayant des éléments nouveaux à fournir ?

— Mouais.

— Si le test prouve qu'il n'est pas de moi, imaginons.

— Alors, s'il était d'un autre, comme vous le supposez…

— Pure hypothèse.

— Oui, pure hypothèse, enfin bref – le type en question se serait déjà manifesté, non ?

— J'en sais rien, l'audience en urgence, la plainte au commissariat, j'ai l'impression qu'elle est prête à tout, là.

— Bon alors, dans l'hypothèse où Gabriel ne serait pas de vous, pour la faire courte, votre filiation pourrait être légalement annulée, ce qui entraînerait la disparition de vos droits et obligations sur l'enfant. Mais est-ce que la mère voudrait gagner en renonçant à une pension alimentaire ?

— Ah ! mais c'est peut-être pour ça qu'elle n'en a pas parlé à Nanterre.

— On suppute beaucoup, là. Concrètement, le juge pense avant tout à l'intérêt de l'enfant, ne l'oubliez pas, et il faut bien que Gabriel ait un père. Vous avez votre mot à dire, ne serait-ce que sur la possibilité d'un test.

— Je peux m'y opposer ?

— Vous pouvez refuser de vous y soumettre.

— Ce qui pourrait être interprété comme un aveu.

— Oui et non.

Oui et non. Je m'embourbe dans cette zone grise, au croisement de deux impasses. À portée de tir, le laboratoire d'analyses continue de me narguer. Il semble murmurer à mon oreille les voyelles de la confusion : « O, A. » Je multiplie les allées et venues devant sa porte, puis m'arrête devant, prêt à relever le défi, avant de me dégonfler. Au bout de quelques jours, je trouve finalement un prétexte pour entrer sans trop m'engager, en quête d'un simple renseignement. Une fois à l'intérieur, le piège se referme. La biologiste, venue chercher une patiente à l'accueil, est alpaguée par la secrétaire. « Monsieur, je vous prends juste après la dame », me dit la préposée aux piqûres. Les dés sont jetés. Plus tard dans la journée, ma carte de groupe sanguin m'est remise à l'accueil. Je la glisse dans la poche de mon jean, sans la consulter. Je le ferai, à l'occasion. Sûrement. On verra. Suis-je plus avancé ? Oui et non.

Mon seul guide est le quotidien avec Gabriel. Je le récupère à la gare de Lyon sans incident et les jours d'après, rien ne change. L'amour suit son cours, son marché est à la hausse. Par bonheur, m'occuper de Gabi m'offre peu de répit. La rumination s'immisce dans mon temps libre, l'envie de fouiller mes poches devient urgente dans l'oisiveté. L'action préserve le statu quo. Ainsi, l'invitation à l'anniversaire d'Enzo arrive à point nommé, comme un nouvel ajournement des questions qui fâchent. Agnès a réservé un après-midi entier à Royal Kids, une plaine de jeux pour enfants *indoor*.

Dans les faits, il s'agit d'un espace confiné où des bambins hurlent et des parents attendent, attablés, que leurs tympans finissent par exploser. La partie réservée aux trois ans se compose de quelques tapis et toboggans. Des enfants bien plus grands, de huit ou dix ans, accaparent la zone des tout-petits, condamnant ceux-ci à assister, incrédules et impuissants, à cette invasion barbare. Les voyous échappent à l'attention de leur animatrice référente, les mamans, désemparées, tentent de les raisonner, mais l'effet de groupe les rend hermétiques à toute réprimande.

N'écoutant que mon courage, je me poste devant le périmètre et commence à filtrer les entrées, tel un vigile missionné par l'amicale des mamans en PLS. Avec pédagogie et fermeté, je recale un à un les enfants qui n'ont plus l'âge requis pour s'y aventurer.

Tout à coup, les lumières de la salle s'éteignent et les enceintes crachent, sans prévenir, une parodie de rythme afro. La mascotte de Royal Kids, une espèce de dinosaure, fait son apparition sous les stroboscopes et les cris hystériques des gamins. Dans son costume, le type doit bénir le jour où il a obtenu son BAFA : il est la rockstar de Bonneuil-sur-Marne.

— Oh, regarde, un dinosaure, dis-je à Gabriel.

— C'est pas un dinosaure, me corrige un gamin apparemment au fait des us et coutumes de Royal Kids.

— Ah ! un crocodile alors.

— C'est pas un « crocrodile » (ce gosse veut me contrarier).

— Un animal, j'ai bon ?

— Non ! C'est un dragon, Léon le dragon !

— Bah oui, papa, ça se voit que c'est un dragon, surenchérit Gabriel.

Malgré son accoutrement et la chaleur infernale qui doit y régner, Léon esquisse des mouvements de breakdance puis, avec une étonnante dextérité, une chorégraphie que parents et enfants sont invités à reproduire, dans une sorte de chenille. Tout le monde semble connaître par cœur les pas et les temps à respecter. Qu'ai-je fait de ma vie jusqu'alors ? La file indienne serpente entre les tables et embarque au passage les derniers récalcitrants. Certains font semblant de résister, avant de succomber à l'appel de la queuleuleu. Toutes et tous scandent alors les paroles du morceau, apparemment écrit par un fiché S – « Mitraillette à gauche, mitraillette à droite » – et miment, au cas où le texte ne serait pas assez clair, le mécanisme d'une arme automatique au tempo d'un « boum boum » synthétique.

Là où Léon passe, la timidité trépasse. Dans son sillage, les adeptes, de toutes origines, se déhanchent et lèvent les bras. Il est là, on le tient, le prophète œcuménique, le chef providentiel capable de rassembler les Français. En restant le dernier parent à l'écart, je suis ciblé par les fêtards comme le mouton noir.

Alors, Agnès entame devant moi une espèce de danse tribale, censée me transmettre une envie irrésistible de rejoindre le mouvement. Je suis gêné, mon goût pour la discrétion est à la hauteur de mon aversion pour la danse. Agnès secoue frénétiquement sa crinière, à gauche, puis à droite, semble entrer en transe comme le sorcier d'une tribu cannibale avant un festin. Manifestement, je suis au menu du jour. Une ronde se forme autour de nous, des animateurs tapent dans leurs mains, Agnès se frotte à l'un d'eux comme le côté vert de l'éponge à la casserole. Les enfants, témoins de la scène, assistent à leur premier cours de SVT grandeur nature.

Ne rêvant pas d'un destin de vaisselle sale, je me retranche derrière l'excuse de ma mission d'agent de sécurité. Mais cela ne tient plus, tous les enfants ont déserté l'aire de jeux pour célébrer Léon le Dragon. Même Gabriel m'encourage : « Allez, papa ! » Je ne sais plus où me mettre, face à un dilemme existentiel : soit j'éconduis Agnès et je passe pour un type rustre et pisse-froid, soit je me dévergonde sur un son que la décence la plus élémentaire m'empêche d'appeler musique. Agnès passe à la vitesse supérieure, me présente son dos et, dans son pantalon bouffant à motifs – des pagaies –, contracte ostensiblement ses fesses, la gauche, puis la droite, calées sur le *beat*.

« Le petit Enzo attend sa maman au Service des stress post-traumatiques » n'est pas loin d'annoncer le haut-parleur de Royal Kids. Les danseurs sont des dictateurs, eux-mêmes sujets d'un rythme tyrannique, qui ne comprennent pas ceux qui refusent de danser, voire ne les tolèrent pas. Pétrifié par Agnès-Médusa, je m'en sors par une astuce, prenant Gabi dans mes bras et m'en tenant à un déhanché timide en guise de compromis. Nous nous rapprochons de Léon le Dragon, Gabi a l'air de vivre le plus beau jour de sa vie. Enivré par son rire, je finis par oublier la foule autour ainsi que la prédatrice prête à bondir. Je ne ressens plus aucune gêne ; la honte est un concept de célibataire sans enfant. Gabriel a la faculté de plonger mon cerveau dans le sommeil de l'anesthésie et de faire monter mon cœur en surrégime. Au Royal Kids de Bonneuil-sur-Marne, il n'y a plus que lui et moi. Dans n'importe quel endroit du monde, il n'y aura toujours que lui et moi.

Dans ma tête, tous les chemins sinueux se dénouent. Si Gabriel n'est pas mon fils, moi je suis son père, et si je suis son père, alors Gabriel est mon fils. La nature impose l'amour et mon amour s'impose naturellement. Nous dansons ensemble, et je tiens sa tête contre ma poitrine. « Tu le nourris au sein ? » me glisse Agnès à l'oreille, un brin agressive. Elle ne croit pas si bien dire : Doctissimo m'a appris que certains hommes ont des montées de lait. Est-ce par mimétisme avec la mère ou par culpabilité de ne pas subir les affres de la grossesse ? Je crois surtout que le corps de l'homme crie son envie, maladroite et sincère, de se plier aux règles de l'amour.

Même si la vérité biologique est incertaine, l'inné laisse la place à l'acquis, peu importe que les matériaux aient été fournis par un autre. Comme les mères, les pères se sentent parent, puis le deviennent ; seul le rythme de chacun diffère. Le père est même une *Übermutter*, il doit balayer le doute de sa filiation, transcender son rôle accessoire pendant la grossesse, et accepter que les mères puissent faire des enfants sans lui. Je suis une *Übermutter* comme les autres.

Jusqu'au bout, je me battrai pour garder Gabriel près de moi. Face aux accusations, à l'opprobre, à la calomnie, et entre les mains de la Justice, son destin et le mien nous échappent, même si notre destin commun nous appartient, quoi qu'il arrive. Je redoute la distance qui pourrait nous être imposée demain, tout en sachant qu'elle ne pourra jamais rompre notre lien.

De retour à la maison, je retire mon jean pour me mettre à l'aise. La carte d'identité sanguine n'est plus dans ma poche. Je la cherche partout, elle est introuvable. Elle a dû tomber, pendant que nous dansions.

11

7 h 15. Gabriel découvre la terreur du réveil forcé et du rêve inachevé, alors que j'apprends à aimer la sonnerie matinale. Elle annonce l'heure des retrouvailles après la séparation nocturne. Je m'agenouille au pied de son lit et lui chuchote à l'oreille. L'école ouvre une nouvelle ère, ce n'est plus lui désormais qui me réveille, c'est moi qui dois mettre fin à son doux sommeil. L'amour, c'est savoir annoncer une mauvaise nouvelle à ceux que l'on chérit.

Sa technique de dissimulation sous l'oreiller ne prend pas, je soulève délicatement son petit corps tout chaud et deviens l'eucalyptus auquel s'agrippe un koala aux yeux mi-clos. Tous les matins, les mêmes gestes se répètent, je suis un tayloriste de la tendresse et l'homme le plus riche ici-bas. La journée est facile quand elle commence dans l'amour, bercée par la perspective d'en reprendre le fil après l'école. Cette routine n'est pas celle d'un grand de ce monde, où méditation, sport et revue de presse démarrent une journée dédiée à révolutionner la planète. Je me contente de sortir d'un tiroir un slip Robocar Poli, un bas de jogging et un sweat absurde où un motif de crocodile fluo, planche de surf à la main, dit : « *On my way to Sun City* ».

Gabi, quand tu découvriras sur des photos les preuves accablantes de ton style vestimentaire à trois ans, ne me juge pas trop durement. Crois-moi, dans ce sweat-shirt insensé, tu es le boss de la mignonnerie. Nos gentilles habitudes se poursuivent à la salle de bains, sous de timides protestations. Alors pour motiver Gabi au brossage de dents, je lui raconte que, noyées sous la mousse du dentifrice, elles sont de minuscules voitures lustrées par la brosse rotative d'un Lav'Auto. Enfin, je boucle son imparable sac à dos Minion de *Moi, moche et méchant*, dans lequel je glisse une gourde de compote bio.

En proche banlieue, dans une ville à taille humaine dotée d'une carte scolaire bien définie, le chemin qui mène à l'école se passe de la voiture. Souvent, les parents réduisent ce trajet à son aspect purement fonctionnel, n'y voient que le fichu détour à faire avant de partir au boulot.

Ce parcours est mon tour d'honneur, j'aime ses ornements, sa plaque d'égout Pont-à-Mousson, ses gommes à mâcher noircies au sol, Mounir qui installe ses chaises en terrasse, Agnès et son « bonjour » gêné. Même si, devant l'école, les restes d'un scooter brûlé et d'une délinquance de proximité nourrissent mon dépit, ils fascinent Gabriel et deviennent un élément du décor bien-aimé. Tout est en place dans la densité aberrante du Grand Paris, tout est coloré et harmonieux dans le maillage de la proche banlieue.

Pourtant, un matin, pressé par un travail urgent, je me suis énervé contre Gabriel, qui n'avait rien fait d'autre que d'être un enfant. La culpabilité m'a traqué toute la journée, de même que le besoin impérieux de recoller les morceaux. Lui avait oublié l'incident dans la seconde. L'enfant est un magicien dont la résilience instantanée est le pouvoir suprême. « Abracadabra, retour du bonheur ! » Ce matin-là, les larmes de Gabriel sont remontées à la bordure de ses cils, avant de couler à flots. S'il m'arrive de théâtraliser ma colère, Gabriel ne feint jamais la tristesse. Il a pleuré parce qu'il a eu peur de me décevoir. Il m'a alors désarmé, et je me suis senti idiot. Le magicien a plus d'un tour dans son sac.

Malgré la peur de la punition et l'obéissance après coup, l'enfant a l'ascendant sur l'adulte en colère, car il crée chez ce dernier une émotion qui le terrasse. Il est même doublement vainqueur quand le parent colérique est pris de remords. Être père ne consiste pas à contrôler son enfant, mais à se contrôler soi-même.

Le jour de la rentrée des classes, beaucoup d'enfants de la petite section de maternelle ont pleuré au moment de quitter leur maman. L'avant-goût de la crèche ne suffit pas à forger des durs à cuire. Gabriel n'a pas pleuré. À trois ans, il est un vieux briscard des au revoir, mais peut-être n'a-t-il pas mesuré qu'il allait passer le plus clair de son enfance entre ces murs. À en juger par les sanglots autour de lui et le ton martial de la directrice, il a dû flairer l'arnaque.

Depuis, à chaque 8 h 30, encadré par l'Éducation nationale, j'annonce son arrivée à la maîtresse – une sorte de mère de famille nombreuse –, l'inscris à la cantine, puis l'accompagne vers le coin lecture. Pars, mon Gabi, dans ton incubateur à varicelle, va pointer dans ton usine à poux. Les parents m'adressent des sourires de connivence, je suis joyeux d'être l'un des leurs. Pour la plupart d'entre eux, l'école est un lieu d'apprentissage et de socialisation, les sceptiques y voient une machine à reproduire les inégalités ou le prêt-à-penser, mais tous se rejoignent sur son côté pratique, l'école occupant les enfants pendant que chacun bosse ou désire souffler, tout en se donnant bonne conscience. Depuis le couloir, je jette toujours un dernier regard sur Gabriel parmi ses camarades. La maîtresse observe, amusée, la poignée de parents qui jouent les prolongations et rechignent à couper le cordon. Ainsi, chaque matin, l'école enlève aux mères la chair de leur chair et aux pères leur boussole, jour après jour elle martèle que leurs enfants – appelés à devenir des citoyens et des animaux sociaux – ne leur appartiennent pas. La victoire a un léger goût amer ; tu m'échappes encore, mon fils. Vivement 16 h 30.

Sur le chemin du retour, la ville est vide, parents et enfants sont partis dans des directions opposées. Le square aussi est désert. Plus tard dans la journée, des petiots y tituberont en couche-culotte. J'exhorte les parents à ne pas perdre une miette de ces instants. Dès trois ans et graduellement, l'enfant est happé par la société. Les tribunaux abdiquent tout esprit critique devant ce destin républicain. Peu importe la chute du niveau, les classes surchargées, les professeurs en sous-effectif ou la violence des cours de récré, l'école reste un argument décisif devant le juge aux affaires familiales.

Dans mon cas, les trois magistrates de la cour d'appel de Versailles n'ont vu aucune raison de détricoter un jugement bien motivé. Fidèles à leur réputation, elles ont été conservatrices – mais à rebours de mes projections pessimistes. La perspective de la rentrée à l'école maternelle a fixé un cap et joué en ma faveur. On entend souvent dire que la Justice, du pénal au civil, rend des décisions tour à tour laxistes, opaques, politiques, psychologisantes et assujetties à l'air du temps.

Je ne ferai pas de mon cas particulier une vérité générale, cependant, il m'apparaît ceci : une décision d'un juge aux affaires familiales est comme l'épreuve de philo au bac, auréolée de légendes urbaines. Une même copie vaudrait un 15 chez un correcteur, un 5 chez un autre, alors qu'en vérité, une intro simple et un plan cohérent assurent la moyenne à n'importe quel élève. Comme un professeur, le JAF recherche la logique chez des sujets frileux en la matière. Cette logique n'est pas brutale ou tyrannique – le Droit est une science molle –, mais elle apparaît dégagée des conjectures. Bien sûr, le JAF entérine un désastre, régit des cendres et régule la poussière d'une vie conjugale brisée, mais les choix du bon conjoint et d'une séparation « réussie » ne lui reviennent pas. Les décisions sont imparfaites car les ruptures le sont. Au moins, les premières donnent un cadre.

Ensuite, devant une cour d'appel, s'il est attesté que l'enfant va bien et suit sa scolarité, si les droits parentaux sont respectés, si la décision de première instance ne défie pas le bon sens le plus élémentaire, alors les juges, croulant sous les dossiers et préférant éviter un désaveu en cassation, prononcent le statu quo. Mon indulgence à l'égard des tribunaux est peut-être le fait de ma « victoire ». J'espère demain ne pas être amené à crier à l'injustice – je ferais alors le désolant constat de n'avoir rien appris.

Il m'arrive de relire le jugement de Nanterre pour le plaisir. J'ai beau connaître la fin, la pression monte encore au fil des pages.

Je me réfère à ses « attendu » et à ses « considérant » comme aux versets sacrés de la Loi des hommes. Ils révèlent que, pour la première fois de ma vie, je suis allé au bout des choses. Auparavant, même si certains jeux en valaient la chandelle, je n'y avais jamais pris part ; même si des chemins se traçaient devant moi, je ne m'y aventurais pas. Ceux-ci m'auraient peut-être mené loin, ou auraient eu le mérite de briser la monotonie. Toutes ces promesses laissées sur le bord de la route ont balisé une vie en passe d'être loupée. Pour me justifier, je prétendais que mon oisiveté était aristocratique, je chorégraphiais mon manque d'envie en adoptant un pas flegmatique et élégant. Et puis, la vérité s'est révélée à mes yeux. Gabriel m'a choisi plus que je ne l'ai fait. Je n'ai pas de mérite, j'ai suivi mon instinct.

L'instinct, c'est le destin qui se place à hauteur d'homme. Il n'y a pas de libre arbitre face à l'amour, celui-ci s'impose. Si je me métamorphose en vainqueur, c'est uniquement quand je serre mon garçon dans mes bras. À cet instant précis, je n'ai plus peur. Malheureusement, je ne peux pas le garder toujours contre moi, alors l'angoisse revient. Gabriel est un socle sur lequel je glisse, une bulle de savon comme pilier de mon édifice.

Mon garçon, je t'aime en tant que frère sur la terre, ami dans le monde et fils dans ma maison. Je t'aime parce que tu renforces mes croyances et balaies mes certitudes. Si tu savais comme je t'aime, tu aurais hâte d'être père pour le vivre à ton tour. Grâce à toi, j'apprécie l'œuvre de mes parents à sa juste valeur et me réconcilie avec leur héritage. En moi, tu transformes l'enfant ingrat en adulte indulgent. Je veillerai toujours, je t'en fais la promesse, à ce que tu voies ta maman le plus souvent possible.

D'ailleurs, avec la mère de Gabriel, nos rencontres se déroulent désormais sans accroc. Elle me réhabitue à une politesse autrefois négligée : « Salut », « Ça va ? », « Merci ». Je ne sais pas si elle est résignée, ou si, en fin de compte, ce partage lui convient. Sa bonne humeur me paraît un poil ostentatoire – met-elle un point d'honneur à toujours apparaître bien lunée et souriante ? À sa place, je n'aurais pas la force d'afficher ce détachement, qu'il soit de façade ou non.

Mes amis aussi ont changé. Au cœur de l'isolement, au plus fort de la séparation, leurs discours motivants, bien qu'inopérants, avaient l'intention louable de m'aider à me tourner vers la lumière. Ils sont désormais culpabilisants, sous couvert de bons conseils. « Tu ne sors plus, tu ne penses plus à toi », « Tu es un homme avant d'être un père ! ». C'est précisément en devenant père que je suis devenu un homme, pourrais-je leur rétorquer. Un ami plus audacieux, peut-être vexé de ne pas avoir été sollicité au cours de ma démission sociale, m'envoie un article, sous forme de plaidoyer, en faveur de la vasectomie. Avoir un enfant serait une calamité pour l'avenir de la planète et relèverait du crime d'écocide.

Le premier argument de l'article, parfaitement recevable, consiste à dire que la femme n'a pas à assumer seule ou de façon automatique la charge de la contraception. En effet, la vasectomie est une opération qui consiste à couper les canaux déférents – en gros, les conduits qui relient les testicules à l'urètre et assurent le transport des spermatozoïdes. Il s'agit du choix de devenir infertile, de façon irréversible.

Un témoin affirme être en couple avec une femme, depuis plus de dix ans. Je n'appartiens pas à la police du slip, mais a priori, après une si longue relation, les amoureux ont plus souvent les têtes basses que les jambes en l'air. Dans ce contexte de refroidissement de la literie, la probabilité de mettre Madame en cloque reste très limité, et si le risque se présente, il existe une solution simple pour le prévenir. Autant la capote peut inhiber l'amant fougueux ou balbutiant, autant elle peut devenir un stimulateur pour les amoureux fatigués l'un de l'autre, ravivant le souvenir des premiers rapports de jeunesse. À première vue, la vasectomie me semble être le choix des impatients, quand il suffirait de laisser le vieillissement régler son compte à la fécondité.

Pourtant, si j'en crois notre lanceur d'alerte, son choix est moderne, écolo et exemplaire. Mollo, me dis-je, la vasectomie n'est pas le don d'organes, elle ne consiste pas à refiler ses canaux déférents à une personne dans le besoin. Notre Jean Moulin du canal sectionné s'est contenté de s'allonger et d'attendre que ça se passe.

Je doute que son geste militant fasse des petits, mais à en croire les centaines de messages de félicitations qu'il dit avoir reçus, il s'inscrit dans l'avenir et le « progrès ».

En creux, mon combat pour avoir un enfant, même si celui-ci est déjà né, est non seulement à rebours de la jurisprudence, mais serait aussi, pour certains, à rebours de l'époque. L'amour des siens serait une cause obsolète ; l'individualisme déguisé en altruisme planétaire est branché.

Le Gall me convoque une dernière fois : elle doit faire le vide avant son départ à la retraite. À son étude, elle empile sur mes bras les dossiers des procédures passées. Je croule sous le poids d'un linge sale lavé en famille qui n'est plus.

Sur l'étagère se libère mon carré VIP, maudit privilège des clients embarqués à bord du Transsibérien des affaires familiales. Je n'ai plus cœur à voyager en territoire ennemi.

— Elle ne vous lâchera pas, me promet Le Gall. Vous savez si elle a refait sa vie ?

— J'en sais rien, je crois pas.

— S'il y a un candidat pour la mettre en cloque, ça vous ferait des vacances.

— Et vous, vous avez un candidat pour le cabinet ?

— Oui, un jeune avocat qui a l'air de penser qu'il va changer le monde. Il va vite déchanter.

— Certains avocats y contribuent un peu.

— Moui.

— C'était un compliment.

— J'avais bien compris. Comment va le petit ?

— Merveilleusement bien.

— Il vit bien la répartition ?

— Oui, je crois. Il a l'air heureux.

— C'est le plus important. La mère vient bien un week-end sur deux ?

— Elle le récupère à l'école à 11 h 30, je me suis arrangé avec la maîtresse.

— C'est encore possible en petite section, mais dès l'année prochaine, ça ne passera plus.

— Et vous, Maître, vous allez retrouver votre fille ?

— Ah, si ça ne tenait qu'à moi. Elle est à Cahors maintenant, avec son jules. Je peux pas le saquer, lui.

— Cahors ? C'est loin.

— Oui, mais je vais me barrer dans les Landes, une fois la vente conclue. Biscarosse, vous connaissez ?

— Un peu.

— C'est pas à côté du Lot, mais on se rapproche, tranquillement.

— Vous aurez un droit de visite les week-ends, quoi.

— On peut dire ça. Vous savez, c'est pas simple : rappelez-vous bien que les enfants grandissent.

— Pour l'instant, je profite.

— Au revoir, monsieur Herserant, ce fut un plaisir.

— Pour moi aussi, Maître.

— Françoise. D'ailleurs, j'y pense, prenez ces coordonnées. C'est la carte d'une amie, très bonne avocate. Vous en aurez besoin, plus tôt que vous ne l'imaginez.

La paix est fragile, elle n'est qu'une pause entre deux guerres.

Achevé d'imprimer en mai 2024
sur les presses de la Nouvelle Imprimerie Laballery
58500 Clamecy
Dépôt légal : août 2024
N° d'impression : 405158
Imprimé en France